Fellstudie

Eine erotische Kurzgeschichte
über schwule Männer - für schwule Männer

von Till Amberger

Autor: Till Amberger (Pseudonym)
Anschrift:
Markus Gann
Vordere Halde 40
71063 Sindelfingen
Email: begann@arcor.de

Erscheinungsjahr 2020

Das Buch ist nicht geeignet für Leser unter 18 Jahren. Diese Geschichte beschreibt detailliert das Liebesspiel zwischen zwei erwachsenen Männern.

Vorwort:

Thomas, Fotograf im fortgeschrittenen Alter, geht zur jährlichen Vorsorgeuntersuchung. Bei diesem Urologen ist Thomas noch nie gewesen, denn er wohnt erst seit einem viertel Jahr wieder in der Stadt.
Otto, Urologe und ein Bär von einem Mann, untersucht Thomas ziemlich gründlich.
Wie im normalen Leben sind sich beide allerdings überhaupt nicht sicher, ob der jeweils andere Mann schwul ist und eventuell Interesse an einem Kennenlernen hat.
Als Leser bekommt man hier die Sichtweise von Thomas geschildert, der sich zu diesem Arzt augenblicklich hingezogen fühlt. Als Patient wagt er natürlich nicht, Otto den Urologen zu fragen, ob dieser an einem privaten Treffen interessiert ist.
Otto wiederum muss während seiner ärztlichen Untersuchung professionell bleiben und kann sich ebenfalls nicht all zu weit hervor wagen.
Wie kommen die beiden also zusammen?
Nun, Otto bucht kurzerhand ein Fotoshooting bei Thomas. Er möchte erotische Aufnahmen von sich machen lassen. Ganz allmählich kommen sich die beiden näher und...

Ach, lies doch einfach die Geschichte! :-)

Viel Spaß beim lesen.

Inhaltsverzeichnis

7   Untersuchung
21   Besprechung
31   Anziehungskraft
41   Übermannt
55   Abendessen
67   Fotoshooting
81   Fertig
86   Beschreibung der Charaktere
89   Worte danach

Was hilft all das Orakeln?
Ich will nageln!

Keine alte Zimmermanns-Weisheit.

Untersuchung

Ein paar Sekunden noch, dann habe ich es geschafft für heute. Mit allerletzter Kraft ziehe ich den Seilzug von dem Rudergerät an mich heran. Das vertraute Sirren des Widerstandssystems dringt an meine Ohren. Auf dem Display springt die Anzeige von 44:59 auf 45 um. Ein paar leichte Züge noch und das Training ist für heute beendet.

Mit einem kleinen Handtuch wische ich mir den Schweiß aus meinem Gesicht. Das Rudergerät gibt mir jedes mal den Rest. Ausgepowert und verschwitzt wie ich bin, sehne ich mich jetzt nach einer erfrischenden Dusche.

Seit ein paar Jahren trainiere ich regelmäßig und fühle mich seitdem fit und wohl in meinem Körper.

Das Fitnessstudio ist nur mäßig besucht. Morgens zwischen 8 und 9 Uhr müssen die meisten arbeiten. Zum Glück kann ich mir meinen Tag einigermaßen frei einteilen. Als Fotograf kann ich meine Termine oft so legen, wie es mir passt. Andererseits arbeite ich auch oft abends und an den Wochenenden. Die Medaille hat immer zwei Seiten.

Auf dem Weg zum Umkleideraum nicke ich Paul, dem Inhaber des Fitnessstudios, kurz zu. Ich nehme einen tiefen Zug aus meiner Wasserflasche und gebe meinem Körper die Flüssigkeit wieder, die ich während dem Training ausgeschwitzt habe.

Das T-Shirt klebt nass an meinem Körper. Ich packe es mit beiden Händen am unteren Ende und zerre es über meinen Kopf hinweg. Nur widerwillig gibt der nasse Stoff meinen Oberkörper frei. Dann entledige ich mich meiner Schuhe und der kurzen Sporthose. Nackt, nur mit Duschgel und Handtuch in den Händen, gehe ich an den zahlreichen Spinden vorbei zu den Duschen.

Das Wasser fühlt sich gut an auf der erhitzen Haut. Ich spüre, wie es an meinem Körper entlang läuft, den Rücken hinunter rinnt und wie es zwischen meinen Arschbacken hindurch seinen Weg nach unten findet. Purer Genuss.

Mit etwas Duschgel wasche ich mir den Schweiß von meinem Körper. Auf der Brust bildet sich augenblicklich ein weißer Schaum in meiner Behaarung, den ich sorgfältig und mit viel Wasser wieder abspüle. Einige Minuten lang genieße ich das erfrischende Wasser und fühle in meinem Körper hinein, spüre, wie Energie und Kraft langsam zurückkehren. Zufrieden mit mir selbst, stelle ich das Wasser ab, streife mit meinen Händen das meiste Wasser von meinem Körper und trockne mich anschließend vollends ab.

Auf dem Weg zu meinem Spind komme ich an einem großen Spiegel vorbei, in dem ich mich kurz betrachte. Für einen Moment spanne ich die Muskeln an, lächle über meine alberne Eitelkeit und gehe, zufrieden mit mir selbst, weiter.

Drei Minuten später bin ich angezogen. Bei der Hitze habe ich nur ein T-Shirt und eine kurze

Hose an mir. Ich schnappe meine Schlüssel, das Portemonnaie und mein Smartphone. Während ich trainiert habe, ist eine Erinnerung eingegangen, die ich erst jetzt bemerke. 'Mist, ich habe in acht Minuten einen Vorsorgetermin beim Urologen.'

Eilig gehe ich zu meinem Auto und fahre auf direktem Weg zu der Arztpraxis. Mein erster Termin bei ihm und ich komme zu spät. Zum Glück ist der Weg nicht weit und ich muss auch nicht nach einem Parkplatz suchen, denn es gibt eine Tiefgarage, die zur Praxis gehört. Um 9:32 Uhr stehe ich, ein bisschen erleichtert, in der Praxis.

„Hallo, ich habe einen Termin zur Vorsorgeuntersuchung." teile ich der Arzthelferin mit.

„Guten Tag, haben sie mir ihre Versichertenkarte?" begrüßt sie mich lächelnd.

Ich fische mein Portemonnaie aus meiner Gesäßtasche, entnehme meine Karte und lege sie auf den Tresen vor ihr. „Bitte sehr." erwidere ich genau so freundlich.

„Danke schön, bitte nehmen sie im Wartezimmer Platz, der Arzt hat gleich Zeit für sie."

Das Wartezimmer ist leer. Die Sommerhitze hat sich hier breit gemacht und ich nehme einen Stuhl in der Nähe eines der geöffneten Fenster. Eine leichte Brise weht herein und kühlt mich angenehm. Um diese Zeit hatte die Sonne noch nicht viel Gelegenheit die Luft aufzuheizen, wobei Hitze mir eigentlich nicht wirklich viel ausmacht. Trotzdem ist es mir am geöffneten

Fenster angenehmer. Das stetige brummen der Stadt dringt herein, gemischt mit dem Gezwitscher eines Vogels, der wohl im Baum vor dem Fenster zuhause ist.

Ich atme tief ein und komme innerlich zur Ruhe. 'Den Termin hätte ich fast verbummelt!' denke ich und schaue auf mein Telefon. Morgens habe ich selten einen Termin und wenn es dann auch noch ein Montagmorgen ist, dann kann ich den schon mal übersehen. Zum Glück hat es noch geklappt. Ich schalte das Smartphone vorsorglich stumm, damit es nachher nicht stören kann.

Die Türe geht auf und die freundliche Arzthelferin bittet mich in das Sprechzimmer hinein.

„Bitte nehmen sie hier Platz, der Arzt hat gleich Zeit für sie." sie lächelt mich kurz an und verschwindet auch schon wieder.

'Der Arzt hat gleich Zeit für sie. Wie oft die das am Tag wohl sagt?' frage ich mich selbst.

Das Sprechzimmer ist ziemlich groß. Ein massiv wirkender Schreibtisch steht mitten im Raum, bestückt mit allerhand Utensilien und einem Notebook. Dahinter steht ein gemütlich ausschauender schwarzer Bürostuhl mit hoher Lehne. Etwas abseits ist eine Liege, die mit einem blauen Papier überzogen ist. Daneben stehen Geräte, die ich nicht zuordnen kann. Ich hoffe, keines davon kommt heute zum Einsatz. Die Wände sind mit Schränken und Vitrinen zugestellt. Eine normale Arztpraxis eigentlich.

Es ist das zweite mal, dass ich zu einem Urologen gehe. Hier war ich noch nie. Ich wohne erst seit drei Monaten wieder in der Stadt. Nach der Trennung von meinem langjährigen Freund, bin ich wieder zurück in meine Heimat gezogen. Hier kenne ich die Leute und als Fotograf ist es mir eigentlich egal, wo ich fotografiere.

Die Trennung kam nicht unerwartet. Wir hatten uns einfach auseinander gelebt. Plötzlich hatten wir unterschiedliche Interessen und gingen unterschiedliche Wege. Wir haben nur noch zusammen gewohnt und nicht mehr zusammen gelebt. Eine Trennung war nur der logische Schritt und wir haben uns vorgenommen Freunde zu bleiben. Mal schauen, ob das funktioniert. Jedenfalls fühle ich mich jetzt frei und möchte mich wieder mit anderen Männern treffen. Endlich kann ich ausprobieren wozu ich Lust habe, ohne Rücksicht auf einen Partner zu nehmen. Ich habe große Lust mich herum zu treiben, Sehnsucht nach einer haarigen Brust und zwei starken Armen, die mich fest halten.

Plötzlich geht die Tür neben mir auf und der Arzt reißt mich mit einem freundlichen „Guten Tag", aus meinen Gedanken.

Ich setze mich aufrecht hin und erwidere seine Begrüßung: „Guten Tag."

Seine Stimme klingt angenehm warm und männlich tief. Er setzt sich hinter seinen Schreibtisch und schaut kurz auf den Monitor seines Notebooks. Ein stattlicher Mann, ungefähr so alt wie ich, mit einem breiten Schnauzbart im Gesicht.

„Waren sie schon mal bei einer Vorsorgeuntersuchung?"

„Vor zwei Jahren, allerdings nicht bei ihnen. Ich

habe sieben Jahre in Bayern gelebt."

„Okay, sie sind 54 Jahre alt. Haben sie chronische Erkrankungen oder Allergien?"

„Nein." antworte ich knapp.

„Fühlen sie sich Gesund? Irgendwelche Wehwehchen?" Er lächelt mich fragend an.

Ich schüttel den Kopf, lächle zurück und sage: „Ich fühle mich fit und gesund!"

Er nickt kurz und wendet sich wieder dem Computer zu.

Sein Gesicht wirkt freundlich und er schaut sympathisch und auch sehr männlich aus. Soweit ich das erkennen kann, scheint er ein sehr haariger und kräftiger Bär zu sein. Sein weißes Polohemd spannt über seinen strammen Bauch und am Kragen kann ich eine üppige Brustbehaarung sehen, die fast nahtlos zu seinem Stoppelbart übergeht. In mir wächst der Wunsch an ihm zu riechen.

„Die Kasse übernimmt leider nicht alle Untersuchungen, die sinnvoll sind. Wollen Sie nur die Kassenleistung wahrnehmen, oder das komplette Programm?" Wieder lächelt er, und schaut mich erwartungsvoll, über seine schmale Lesebrille hinweg, an.

„Was kostet das ganze denn und was machen sie zusätzlich?" frage ich interessiert nach.

„Es beinhaltet eine Ultraschalluntersuchung der inneren Organe, ein erweitertes Blutbild und ein Belastungs-EKG. Bezahlen müssten sie 85 Euro zusätzlich."

„Okay, dann machen wir das volle Programm." entscheide ich spontan. 85 Euro für die Gesundheit ist gut angelegtes Geld und dann kann ich auch diesen geilen Bären länger anschauen. Schade, dass nur ich mich gleich nackt machen muss.

„Gut, dann legen sie bitte ihre Kleidung ab. Die Unterhose dürfen sie vorerst anbehalten."

Ich stehe auf und beginne meine Schuhe auszuziehen, lege meine Socken auf den Stuhl und zerre mein Shirt über den Kopf. In diesem Moment fällt mir ein, dass ich gar keine Unterhose angezogen habe. Bei der Hitze verzichte ich manchmal auf einen Slip und steige einfach so in meine Shorts.

„Es tut mir leid," sage ich, „aber ich habe keine Unterhose an."

Er dreht sich zu mir um, mustert mich kurz von oben bis unten und sagt dann: „Kein Problem, sie können selbst entscheiden, ob sie die Hose ausziehen wollen oder erst noch anbehalten wollen." Er grinst kurz.

Ich entscheide mich für letztere Option und behalte die Hose an.

„Sie sehen kräftig aus, machen sie Sport? Was machen sie denn beruflich?"

„Ich bin Fotograf und ja, ich versuche mich fit zu halten und gehe regelmäßig in ein Fitnessstudio."

„Fotograf? Da haben sie aber einen schönen Beruf."

Spontan bestätige ich seine Aussage mit den Worten: „Ja, ich habe schon immer gerne Bilder gemacht."

Er nickt kurz, steht auf und stellt sich mir gegenüber. Ich schaue auf seinen mächtigen Schnauzbart und in seine freundlichen hellbraunen Augen. Dann greift er nach meinem linken Arm und bewegt diesen nach allen Richtungen.

„Irgendwelche Beschwerden in der Schulter?"

Ich verneine seine Frage.

Dann nimmt er meinen anderen Arm und wiederholt die Prozedur. Auch hier verneine ich die gleich Frage.

Mit einer fliesenden Bewegung setzt er sein Stethoskop auf und drückt mir, ohne Vorwarnung, das kalte Metallende auf meine nackte Brust.

„Tief einatmen bitte."

Ich folge seinen Anweisungen und der Doktor hört an verschiedenen Stellen meine Brust ab. Zuerst vorne, dann hinten auf meinem Rücken.

„Sehr schön. Setzen sie sich bitte hier auf die Liege."

Mit einem kleinen Metallhämmerchen testet er die Reflexe an meinen Knien. Auch hier ist er mit dem Resultat zufrieden.

„Legen Sie sich bitte auf den Rücken. Wir beginnen mit der Ultraschalluntersuchung."

Während ich mich hinlege, zieht der Arzt eines seiner Geräte näher heran. Er schaltet es ein und dreht an ein paar Reglern herum. Dann gibt er ein durchsichtiges Gel großzügig auf eine Ultraschallsonde und drückt mir diese sogleich auf meine Brust. Es fühlt sich kalt an. Er bewegt die Sonde hin und her und schaut dabei auf einen Monitor. Dann dreht er diesen etwas zu mir herum.

„Schauen sie, hier kann man ihr Herz schlagen sehen." Er pausiert kurz und sagt dann: „Schaut alles gut aus."

Fasziniert betrachte ich auf dem kleinen Monitor, wie sich mein Herz rhythmisch zusammen zieht und dabei das Blut durch meine Adern pumpt. Danach untersucht er meine Halsschlagader und meine Leber.

Mit ein paar Papiertüchern wischt er routiniert das zurückgebliebene Gel aus meiner Behaarung. Jedenfalls das meiste davon.

„Als nächstes untersuche ich ihre Nieren. Sie sollten jetzt doch ihre Hose ausziehen, denn sonst wird sie eingekleistert." Er zwinkert mich dabei kurz an. „Legen sie sich dann bitte auf den Bauch."

Ich ziehe mir also kurzerhand die Hose aus und drehe mich auf meinen Bauch. Gleich danach spüre ich die kalte Sonde wieder auf meiner Haut. Auch mit meinen Nieren ist alles in Ordnung.

„Okay, ihre Organe sind völlig unauffällig und alles schaut normal aus. Hier und da ist etwas Fett angelagert, aber nichts dramatisches. Es gibt leichte Ablagerungen in ihren Arterien, was in ihrem Alter ebenfalls normal ist. Treiben sie einfach weiterhin regelmäßig Sport." Er schiebt das Ultraschallgerät weg. „Drehen sie sich bitte auf den Rücken. Ich werde sie nun abtasten."

'Ah, jetzt wird es interessant.' denke ich und drehe mich um.

Der Arzt hat ziemlich große Hände und mit seinen Fingern prüft er zuerst meine Reflexe an meinem Unterbauch. Dann tastet er sich weiter nach unten, an meiner Leiste entlang, hinunter zu meinem Schwanz. Ich spüre, wie er meinen

Penis abtastet und auch meine Vorhaut zurück zieht. 'Puhhh...' ich wünsche mir, er würde jetzt einfach damit weiter machen. Dann spüre ich seine Finger an meinem Sack und wie er die beiden Eier darin sorgfältig begutachtet. Irgendwie habe ich das Gefühl, dass er sich extra viel Zeit nimmt und hoffe, dass ich jetzt keine Erektion bekomme.

„Würden sie mal kurz aufstehen?"

Ich erhebe mich und stelle mich vor ihn. Dann greift er noch mal beherzt an meine Eier. Ich wundere mich ein bisschen, weil er diese gerade schon abgetastet hat.

„Bitte husten." gibt er mir als kurze Anweisung.

Ich folge und huste ein paar mal hintereinander. Seine warmen Hände fühlen sich gut an.

„Okay, alles ist in bester Ordnung. Als nächstes untersuche ich ihre Prostata, dann dürfen sie sich wieder anziehen."

Ich schaue zu, wie er sich einen weißen Gummihandschuh über die rechte Hand zieht und anschießend etwas Gel auf seine Finger gibt.

Er schaut mich an und sagt: „Beugen sie sich bitte nach vorne." und deutet zu der Liege hin.

Ich drehe mich um und während ich mich nach vorne beuge, sehe ich, dass mein Schwanz auffällig an Größe zugelegt hat. 'Das dürfte ihm nicht entgangen sein. Er hat mich aber auch sehr genau untersucht!'

Ohne Vorwarnung spüre ich seinen Finger an meinem Loch. Das Gel ist kalt.

„Entspannen sie und lassen sie ganz locker."

Als ob man das einem schwulen Mann sagen

müsste. Dann spüre ich, wie sich sein Finger in mein Loch schiebt. 'Oder sind das zwei Finger?' frage ich mich, denn es fühlt sich so an.

Wärme breitet sich in meinem Unterleib aus. Dann spüre ich ihn, tief in mir an meiner Prostata. Seine Finger lösen kleine, wohlige Schauer in mir aus.

'Der mag seine Arbeit wohl.' denke ich noch und mit einem mal spüre ich einen kurzen Druck auf meiner Prostata. Mein halb steifer Schwanz zuckt kräftig und ich fühle, wie ein Tropfen Sperma aus meinem Eichelschlitz quillt.

Überrascht stöhne ich kurz: „Uh...“

Er zieht seine Finger aus meinem Hintern und sagt: „Entschuldigen sie, das kann beim Abtasten vorkommen. Alles ganz normal, wie ihre Prostata auch. Sie können ihre Hose nun wieder anziehen.“ Er reicht mir ein paar Tücher und geht zu seinem Schreibtisch. Für einen kurzen Moment fällt mein Blick auf seine Hose. Die Beule in seinem Schritt scheint mir deutlich größer zu sein, als vor der Untersuchung.

'Er hat offensichtlich einen Beruf, der ihm Spaß macht.' stelle ich fest. 'Aber Sex mit Patienten ist verboten, oder?' frage ich mich gleich darauf.

„Wir machen jetzt noch das EKG.“ Reißt mich der Arzt aus meinen Überlegungen.

„Setzen sie sich schon mal auf den Ergometer.“

'Ja, ich würde mit dir auch auf eine andere Art ein Belastungs-EKG machen.'

Augenblicklich steht er neben mir.

'Soll ich nach seiner Beule schauen?' schießt es mir durch den Kopf.

„Ich befestigen gleich noch die Sensoren, dann

dürfen sie los strampeln." teilt er mir mit. „Ich denke, ich muss ein bisschen von ihrer Behaarung rasieren, damit sie halten. Nur zwei kleine Stellen." Er stellt sich vor mich und rasiert mir, mit einem Einwegrasierer, zwei Löcher in mein Fell. Seine Arme sind fleischig und haarig. Hier und da sind ein paar silberne Härchen zwischen der ansonsten dunklen Behaarung zu finden. Mein Blick wandert zu seinem Hals, an die Stelle, an der seine Körperbehaarung aus dem Ausschnitt ragt, dann hinauf zu seinem Drei-Tage-Bart und diesem mächtig breiten Schnauzer.

„Okay, sie können los legen. Sie müssen immer so in die Pedale treten, dass die Anzeige im grünen Bereich bleibt. Nicht darüber und nicht darunter. Zehn Minuten lang, das dürfte ihnen nicht schwer fallen." Er lächelt kurz und setzt sich wieder an seinen Schreibtisch.

Ich trete in die Pedale. Ganz automatisch denke ich an die Untersuchung und den kurzen Moment, als es mir fast gekommen ist. Bilder der üppigen Behaarung des Arztes gehen mir durch den Kopf. In meiner Fantasie streichel ich über seinen strammen Bauch und ziehe ihn langsam aus. Sehnsüchtig wünsche ich mir heißen Sex mit diesem geilen Bär und überlege angestrengt nach Möglichkeiten, um meinen Wunsch Wirklichkeit werden zu lassen. Mir wird klar, dass ich ihm direkt sagen müsste was ich will, doch dafür bin ich leider nicht mutig genug.

Die zehn Minuten sind schnell vergangen und ich bin nur leicht ins Schwitzen gekommen. Es ist mir tatsächlich nicht sonderlich schwer gefallen.

„Sie sind wirklich fit!" stellt er fest. „Jetzt nehme ich ihnen noch kurz Blut ab und dann sind sie erlöst."

„Es ist ja nicht so, als wäre es schlimm, von ihnen untersucht zu werden." sage ich und lächle ihn an.

Kurze Zeit später habe ich auch die Blutabnahme überstanden und wir verabschieden uns.

„Rufen sie mich morgen kurz an, wegen den Blutwerten. So ab 11 Uhr passt es, denke ich."

Ich nicke und verlasse die Praxis.

'Ein toller Mann.' geht es mir durch den Kopf. 'Schade, Sex mit ihm wäre bestimmt sehr geil gewesen.'

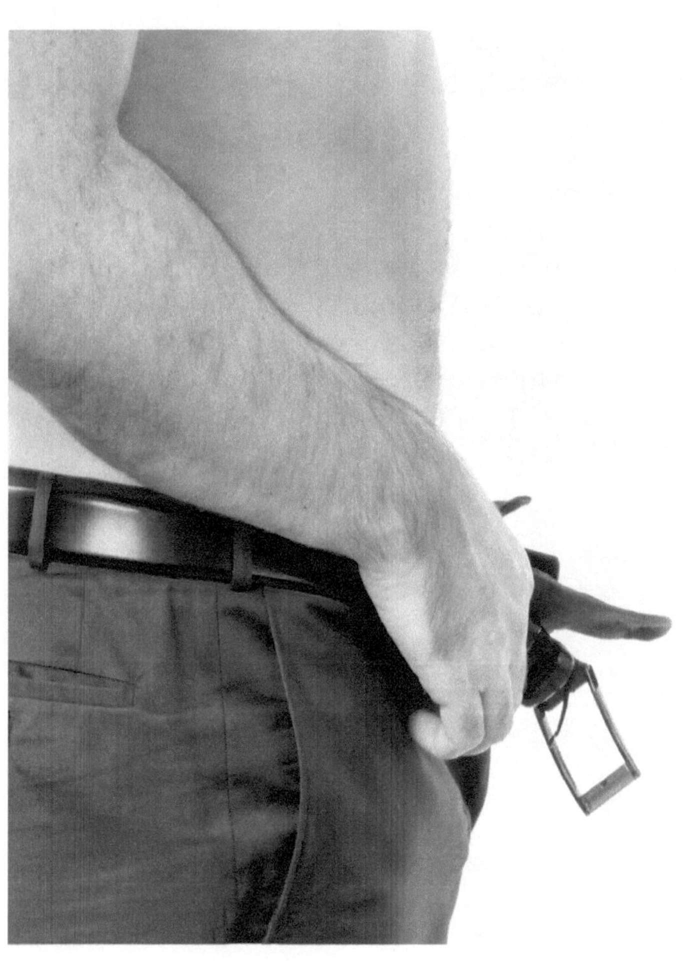

Besprechung

Die Nacht war unruhig. Immer wieder ging mir die Untersuchung bei dem geilen Arzt durch den Kopf. Der Moment, als er meine Prostata untersucht hat und es mir fast gekommen ist. In meiner Fantasie habe ich ihn ausgezogen und mich auf seinen haarigen Körper gelegt, ich habe seinen imposanten Schnauzer geleckt und ihn leidenschaftlich geküsst. Nur schade, dass es bei der Fantasie bleiben wird.
Wahrscheinlich ist er verheiratet und hat drei Kinder. Am besten, ich vergesse das alles und wende mich realen Möglichkeiten zu. Es gibt ja noch andere geile Bären, mit denen ich schönen Sex haben kann.
Ich nehme den letzten Schluck aus meiner zweiten Tasse Kaffee und schaue auf die Uhr. Es ist gleich 11 und ich beschließe in der Praxis anzurufen.
„Ja, der Doktor hat gerade einen Patienten. Dürfen wir sie in der nächsten halben Stunde zurück rufen?"
„Ja, okay. Tschüss." kurzerhand beende ich das Gespräch, setzte mich wieder an meinen Computer und arbeite weiter an den Bildern von meinem letzten Auftrag.
„Brrt... brrt..." das Telefon vibriert und reist mich aus meiner Arbeit. Es ist kurz vor 12 Uhr. Die Zeit rennt immer, wenn ich konzentriert am PC sitze.
„Ja hallo?"
„Guten Tag, ich rufe an wegen ihrem Bluttest."

„Guten Tag, ist alles in Ordnung mit meinem Blut?“

„Ja, alles ist im grünen Bereich. Sie sind ein kerngesunder Mann im besten Alter! Machen sie weiter so.“

„Das hört sich gut an. Ich freue mich. Danke, dass sie mich zurück gerufen haben.“

„Kein Problem. Ich wollte sie auch fragen, ob ich sie als Fotograf buchen kann.“

'Oh, ein unerwarteter Auftrag kommt mir gerade recht.' geht es mir durch den Kopf.

„Was für Fotos brauchen sie denn?“

„Das möchte ich gerne mit ihnen persönlich besprechen. Wann darf ich denn mal bei ihnen vorbei kommen?“

„Ich richte mich da ganz nach ihnen. Haben sie einen freien Tag, oder möchten sie abends vorbei kommen?“

„Geht es heute Abend? Ich würde so gegen 18:30 Uhr vorbei kommen.“

„Ja, das ist okay. Kommen sie einfach zu meiner Privatanschrift, ich habe hier auch mein kleines Studio eingerichtet.“

„Gut, dann bis heute Abend. Ich freue mich, dass sie so schnell Zeit für mich haben.“

„Ich freue mich auch, bis später.“

Ein bisschen verwundert beende ich das Gespräch. 'Am Telefon will er nicht über seinen Auftrag sprechen. Entweder es ist zu kompliziert oder es ist ihm peinlich. Womöglich möchte er Nacktbilder von sich haben.' hoffe ich Insgeheim.

Kurzerhand beschließe ich, heute beim Chinesen zu essen und mache mich zu Fuß auf den Weg zum Restaurant. 1,5 Stunde später und satt, setzte ich mich wieder an den Computer und arbeite weiter an den Bildern vom letzten Fotoauftrag. Gegen 16 Uhr habe ich dann die Schnauze voll. Immer wieder die gleichen Abläufe langweilen mich und ich beschließe für heute Schluss zu machen.

Die Kaffeepadmaschine macht mir im Handumdrehen eine leckere Tasse Kaffee, die ich im Schatten auf der Terrasse genieße.

'Bei dem Wetter sollte ich eigentlich baden gehen.' denke ich und ziehe mein T-Shirt aus. Wenn es so heiß ist wie zur Zeit, dann hätte ich gerne einen eigenen Pool im Garten. Jetzt einfach die Kleider vom Leib reißen und ins kühle Wasser springen, das wäre toll. Ich beschließe, mich wenigstens für eine halbe Stunde, nackt in die Hängematte zu legen und ziehe mir kurzerhand auch noch meine Hose aus. Die Terrasse ist praktisch uneinsehbar und ich kann mich hier völlig frei bewegen, was ich auch oft nutze. Wer braucht schon eine Hose, wenn keiner da ist den Nacktheit stört?

Die Hängematte schaukelt leicht und die Sonne fühlt sich gut an auf meiner Haut. In den Sommermonaten ist mein Sack immer besonders lang und damit er nicht zwischen meinen Beinen eingeklemmt ist, ziehe ich meine Eier zwischen meinen Schenkeln hervor und lasse sie entspannt so liegen. Die Arme lege ich hinter meinem Kopf ab.

Ich atme tief ein, schließe meine Augen und fühle die wärmende Sonne. Mein Körper fühlt sich gut an. 'Sie sind kerngesund!' geht mir die

Aussage vom Urologen durch den Kopf. Zufrieden mit mir selbst schaukel ich in meiner Hängematte und freue mich des Lebens.

20 Minuten später wird es mir dann doch zu heiß und ich gehe wieder rein. Die Wohnung ist nicht wirklich unordentlich, dennoch entscheide ich mich für eine kurze Aufräumaktion, der Kunde soll ja nachher einen möglichst positiven Eindruck bekommen. Nackt räume ich ein paar Utensilien weg und rücke hier und da einige Dinge zurecht. Danach greife ich mir den Staubsauger und befreie, mehr oder weniger gründlich, meine Wohnung von diversen Staubflocken. 'Wo die nur immer her kommen?'

Im Bad angekommen stelle ich fest, dass mein Bart eine kleine Korrektur nötig hat. Mit dem Langhaarschneider kürze ich meinen Bart auf eine gepflegt aussehende Länge. Am Hals rasiere ich eine schöne Abschlusskante. Dann stutze ich noch kurzerhand die Schamhaare und auch die Haare in meinen Achseln ein wenig. In den Sommermonaten fühlt sich das so einfach besser an.

Unter der Dusche befreie ich meinen Körper von den abgeschnittenen Haaren. Nachdem die Seife gründlich aus jeder Ritze gespült ist, beiße ich die Zähne zusammen und stelle das Wasser auf kalt. Die ersten Sekunden sind wirklich unangenehm, dann gewöhnt sich mein Körper mehr und mehr an die Temperatur des kühlenden Wassers. Im Sommer kommt es sowieso nicht wirklich kalt aus der Leitung. Einen Moment lang lenke ich den Strahl der Dusche in mein Gesicht, pruste das Wasser beim ausatmen von mir weg, spüre, wie die Kälte an mir herabfließt. Mit den Armen reibe ich meinen Körper, drehe mich um und lasse das Wasser auf den Rücken spritzen, aber nur kurz, dann drehe ich mich wieder um. 'Puhhh...' ich stelle die Dusche ab. Mein ganzer Körper ist wach und erfrischt. Durch die Kälte hebt mein Sack die Eier so dicht an meinen Körper, dass diese fast in der Leiste verschwinden. Mit den Fingern drücke ich sie sanft nach unten und ziehe ein wenig an ihnen. Ich mag meine Eier.

Wenig später stehe ich in der Küche und mache mir ein paar Bratkartoffeln mit Speck. Wenn die Kartoffeln mal geschnitten sind, dann brutzeln die eigentlich von alleine. Ungefähr 20 Minuten später steht ein Teller voll mit leckeren Kartoffelscheiben vor mir auf dem Tisch und ich genieße jede einzelne davon. Es ist immer schneller gegessen als zubereitet.

Zufrieden und satt beende ich mein Abendessen, da klingelt es auch schon an der Türe. Hastig wische ich mir mit dem Handrücken über den Mund, ziehe mein T-Shirt an und gehe zum Hauseingang.

„Guten Abend, kommen sie herein." begrüße ich den Urologen und schlucke den Rest der Bratkartoffeln runter.

Mit einem, „Guten Abend" und einem Lächeln kommt er mir entgegen. Ich mache ihm Platz und weise ihn, an mir vorbei in meine Wohnung.

'Dieser Arzt schaut wirklich sehr männlich aus.' Sein mächtiger großer Schnauzbart fasziniert mich. Er ist etwas angegraut, wie es in seinem

Alter eben normal ist. Den einen trifft es früher, den anderen später!

„Bitte schön." mit einer Handbewegung biete ich ihm einen Platz auf dem Sofa an. „Was kann ich denn für sie tun?" frage ich und nehme auf dem Sessel gegenüber Platz.

Breitbeinig sitzt er vor mir und mein Blick wandert automatisch über seinen Körper hinweg zwischen seine Beine. 'Da dürfte so einiges in der Hose stecken.' geht es mir durch den Kopf und zwinge meinen Blick hoch zu seinen Augen. 'Konzentriere dich, schließlich sitzt hier ein potenzieller Kunde vor dir. Sei professionell!'

„Ich möchte sehr gerne Bilder von mir machen lassen. Ich weiß nicht, ob sie so was machen," er schluckt kurz, grinst ein wenig und sagt: „Ich hätte sehr gerne erotische Aufnahmen von mir." Fragend blickt er mich an.

'Bingo!' Ich versuche ernst zu bleiben und mir meine Freude nicht all zu sehr anmerken zu lassen.

„Wir können es sehr gerne machen. Äh... also, ich habe gelegentlich erotische Fotoshootings und ich mache auch sehr gerne eines mit ihnen." Ich grinse über meine komplizierte Wortwahl.

Mein Arzt freut sich sichtlich und sagt: „Das ist super. Wann haben sie denn Zeit für mich und was kostet mich das Ganze?"

„Einen Termin werden wir sicher schnell finden, ich bin da sehr flexibel. Wollen sie Studioaufnahmen haben oder wollen sie Fotos in einem natürlichen Umfeld. Wir könnten zum Beispiel bei ihnen zuhause fotografieren, oder auch in ihrer Praxis. Manche Kunden fühlen sich in einem gewohnten Umfeld wohler. In dem Fall würde ich meine mobile Studioausrüstung einfach mitbringen."

„An so eine Möglichkeit hatte ich gar nicht gedacht. Das klingt sehr spannend." Er überlegt kurz und fragt mich nochmal nach meinem Preis. Da ich sehr gerne Fotos von ihm machen möchte, auf der anderen Seite aber auch Geld verdienen muss, entscheide ich mich für einen Mittelweg und sage: „Für eine Stunde fotografieren nehme ich 60 Euro. Für jedes Bild, das sie heben möchten berechne ich nochmal 40 Euro. Sie können sich die Bilder, die sie möchten aussuchen und ich werde diese dann professionell aufbereiten, für Print, Web und in Schwarz-Weiss." Diese Konditionen sollte sich ein Arzt leisten können!

„Das klingt gut. Wie bekomme ich denn die Auswahlbilder?"

Vorfreude durchflutet meinen Körper. 'Ich glaube, ich habe ihn.'

„Ich schicke ihnen einen Link, über den sie die Bilder herunter laden können." Ich lächle ihn an.

„Oh, wollen sie etwas trinken? Entschuldigen sie, dass ich ihnen noch nichts angeboten habe."

„Gerne, haben sie eine Tasse Kaffee für mich?"

Ich mache mich auf den Weg in die Küche und schalte die Maschine ein. Mein Arzt folgt mir einfach. Er will wohl nicht alleine im Wohnzimmer warten. Dabei ist der Kaffee eigentlich Ruck-Zuck fertig.

„Sie haben eine schöne Wohnung."

„Vielen Dank. Haben sie sich überlegt, wo wir fotografieren wollen?"

„Ja, ich denke, bei mir Zuhause wäre es mir am liebsten. Falls das keine all zu großen Umstände macht."

„Das ist kein großer Aufwand. Wann haben sie denn Zeit?"

„Ich habe immer abends Zeit. Wie lange brauchen sie denn zur Vorbereitung?"

„Ich muss nur meine zwei Taschen ins Auto packen. Vorbereitungszeit brauche ich eigentlich keine. Die Akkus sind auch immer aufgeladen."

Er grinst mich an und sagt: „Ja dann..."

'Jetzt?' denke ich und mit einem fragenden Blick stelle ich fest: „Sie meinen jetzt gleich!"

„Natürlich nur, wenn das für sie in Ordnung ist."

„Ja, warum nicht. Ich hole nur kurz meine Taschen."

Ich freue mich. Mit einem so schnellen Auftrag habe ich wirklich nicht gerechnet. Erfahrungsgemäß sagen einige Leute ihre Termine ab, wenn es zu lange dauert. Ich bin froh, dass das hier nicht passieren wird. Jetzt darf ich meinen bärigen Urologen doch noch nackt sehen und auch noch ziemlich schnell. Meine Vorfreude steigt und ich werde ein kleines bisschen nervös. Ich hoffe, seine Wohnung bietet genug Raum für schöne Fotos.

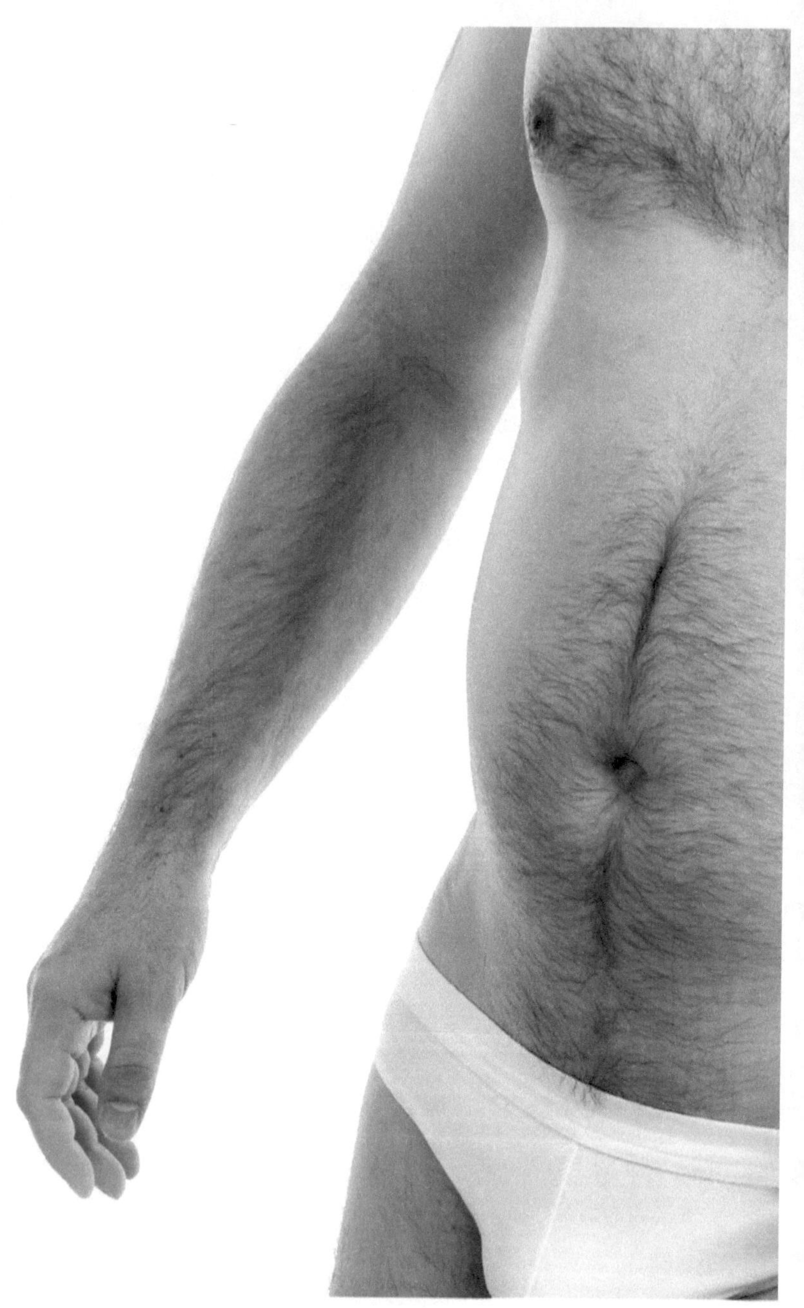

Anziehungskraft

Mit meinen beiden Taschen im Kofferraum fahre ich dem geilen Arzt hinterher. Sein Auto ist recht bescheiden. Wenn ich an Ärzte denke, stelle ich mir automatisch wohlhabende Leute vor, die ein großes Haus haben und ein teures Auto fahren. Aber womöglich ist er gar nicht schwul und dieser Mittelklassewagen gehört seiner Frau. Ich denke, das werde ich heute Abend noch herausfinden.
Er parkt seinen Wagen in der Tiefgarage bei seiner Praxis und ich neben ihm.
'Muss er noch etwas holen oder will er jetzt doch in der Praxis fotografieren?' frage ich mich.
„Ich wohne hier im Haus." Er lächelt mich kurz an und geht voraus zum Lift.
„Das ist sicher praktisch, wenn sie mit dem Aufzug zur Arbeit fahren können." erwidere ich.
Im Aufzug drückt er den obersten Knopf und bestätigt seine Eingabe mit einem Code auf einem Zahlenfeld. Ich bin ein bisschen beeindruckt, denn so etwas habe ich noch nicht gesehen. Offensichtlich fahren wir in eine Penthouse-Wohnung.
Der Aufzug ist schnell oben und während sich die Türe öffnet, fragt er mich: „Wollen wir nicht du sagen? Ich denke, das wird in der nächsten Stunde bestimmt einfacher sein. Ich bin Otto."
„Ja gerne, ich bin Thomas." sage ich mit einem Lächeln im Gesicht.
Er lächelt zurück und mit einer Geste bittet er mich aus dem Aufzug hinaus.

Wir stehen in einer kleinen Diele, von der nur zwei Türen weiter in die Wohnung führen.

„Die kleine Diele dient eigentlich nur dazu, dass man in der restlichen Wohnung den Aufzug nicht hört und natürlich auch um die Schuhe auszuziehen." erklärt er mir.

Ich folge seinem Beispiel und entledige mich meiner Schuhe. 'Hier stehen nur Herrenschuhe.' stelle ich fest. 'Eine Familie scheint er also nicht zu haben.'

Dann gehen wir durch eine dicke Doppeltüre hindurch und stehen augenblicklich in seinem Wohnzimmer. Die Wohnung ist lichtdurchflutet hell mit hohen Decken und großen Fenstern. Am einen Ende geht es zu einer Dachterrasse und am anderen Ende ist die offene Küche. Links und rechts gehen Gänge an der Küche vorbei. Ich vermute da liegen das Bad und das Schlafzimmer.

„Willkommen in meinem Appartement."

Ich bin beeindruckt von seiner geschmackvoll eingerichteten Wohnung. 'Er mag es offensichtlich sachlich und aufgeräumt.' stelle ich fest. Die meisten Möbel und Einrichtungsgegenstände würde ich dem Bauhausstil zuordnen, auch wenn ich dafür kein Fachmann bin. Über dem schwarzen Ledersofa hängt ein riesiges abstraktes Bild, das mit dunklen Farben eine leicht düstere Ausstrahlung auf mich hat.

„Du hast eine sehr schöne Wohnung. Ich mag die luftige Bauweise. Sehr stilvolle Einrichtung. Darf ich mir die Dachterrasse anschauen?"

„Ja klar, magst du etwas trinken?"

Mit einem großen Glas in meiner Hand gehe ich hinaus auf die Terrasse. Draußen ist es immer noch heiß. Die Wohnung ist demnach also klimatisiert, anders würde man es hier oben mit den großen Fenstern wahrscheinlich auch nicht aushalten.

„Die Aussicht ist toll und das mitten in der Stadt." stelle ich anerkennend fest.

Er lächelt mich kurz an.

„Du lebst hier alleine?" frage ich ihn, um endlich Gewissheit zu bekommen.

„Ja, mittlerweile schon seit vier Jahren. Und du? Deine Wohnung macht auch nicht den Eindruck, als würden da viele Leute leben."

„Seit drei Monaten lebe ich wieder hier. Vorher habe ich mit meinem Freund in Bayern gelebt. Nach der Trennung bin ich wieder hierher zurück gezogen." 'So, jetzt ist die Katze aus dem Sack.' ich schaue nach Reaktionen in seinem Gesicht.

„Das tut mir Leid, ich hoffe, es war keine schwere Trennung."

„Nein, wir hatten uns einfach auseinander gelebt. Alles gut!" Ich grinse ihn an.

„Du hast einen schönen Beruf. Fotografierst du öfter nackte Leute?" fragt mich Otto interessiert.

„Hin und wieder und manchmal ist es auch etwas aufregend." Ich kann mir ein breites Grinsen nicht verkneifen. „Aber dein Beruf ist ja auch sehr interessant. Du hast bestimmt schon die unterschiedlichsten Dinger gesehen."

„Das stimmt. Aber es ist nicht immer schön, was man zu sehen bekommt. Manchmal gibt es dann aber auch Ausnahmen." Er grinst mich frech an und dabei wirkt sein Schnauzbart noch breiter.

Eigentlich grinsen wir uns unentwegt an und mir ist längst klar, wo das hinführt. 'Ich will Otto jetzt am liebsten nackt sehen und Sex mit ihm haben. Am besten gleich!' In mir steigert sich die Gier nach nackter Haut. Otto ist ein kräftiger Mann und das was ich sehen kann lässt mich auf eine starke Körperbehaarung hoffen. Ich mag es männlich und für mich gibt es nichts männlicheres, als eine schöne ausgeprägte Körperbehaarung.

„Dein Schnauzer ist sehr imposant!" sage ich und versuche ihm ein unverfängliches Kompliment zu machen. 'Am besten ich gebe ihm die Gelegenheit zum ersten Schritt.' geht es mir durch den Kopf. Denn erstens ist er eigentlich im Moment mein Kunde und zweitens sind wir in seiner Wohnung.

„Danke dir. Ich habe mir den Schnauzbart nach meiner letzten Trennung wachsen lassen. Irgendwie hatte ich Lust auf Veränderung."

„Das kann ich gut verstehen. Ich hoffe, du bist über die Trennung hinweg. Der Bart steht dir jedenfalls ziemlich gut."

„Danke. Ja, anfangs war es schwer für mich. Mittlerweile habe ich aber wieder Lust auf etwas Neues und auch auf das eine oder andere Abenteuer." Er zwinkert mich kurz an, schaut dann aber, für einen kleinen Moment, an mir vorbei in die Ferne.

Ich finde seine Unsicherheit sympathisch und muss schon wieder grinsen. Ein gestandener Mann wie er ist sich offensichtlich gar nicht so sicher über die Situation.

Dann sagt er: „Möchtest du vielleicht einen

Kaffee haben oder hast du Hunger? Lass uns wieder rein gehen. Entschuldige bitte, ich hatte schon lange keinen Gast mehr in meiner Wohnung."
Sein Gesichtsausdruck spiegelt ein leichtes Unbehagen, das ich ihm am liebsten abnehmen möchte.
„Wir haben auch kein leichtes Thema." schmunzle dabei und gehe voran in sein Wohnzimmer. „Du brauchst dir keine Gedanken machen. Wir machen nur das, wozu du Lust hast. Es sollen ja schöne Fotos für dich werden." Ich drehe mich zu ihm um und wir stehen uns plötzlich dicht gegenüber. Dass er so nah hinter mir her geht, habe ich nicht gedacht und weiche reflexartig einen Schritt nach hinten.
„Entschuldige bitte." Otto scheint über meine plötzliche Wende ebenfalls überrascht zu sein. „Bitte nimm doch Platz." und deutet auf das breite Ledersofa.
Einen Moment nach mir setzt sich Otto ebenfalls auf das Sofa. Ich drehe mich zu ihm und mache es mir bequem. Einen Arm lege ich auf der Lehne ab und ein Knie lege ich auf die Sitzfläche. Kurz habe ich Bedenken, ob das nicht zu leger ist, aber Otto folgt meinem Beispiel und macht es sich ebenfalls bequem. Ich fühle mich wohl und lasse meinen Blick über seinen Körper wandern. Vorfreude breitet sich in mir aus, ganz sicher werden das tolle Aufnahmen mit ihm.
„Was für Fotos hast du dir denn vorgestellt?" frage ich ihn wieder.
„Ich bin mir da nicht wirklich sicher. Was meinst

du denn? Bin ich überhaupt geeignet für erotische Aufnahmen?" Er richtet sich etwas auf und zieht leicht seinen Bauch ein.

Ich muss mich beherrschen nicht laut los zu lachen und grinse stattdessen wieder.

„Das kommt immer auf den ästhetischen Anspruch an. Du bist ein Mann in den besten Jahren, scheinst einen stabilen Körper zu haben und haarig bist du wohl auch. Wenn du also Bilder von jungen sexy Unterhosenmodels erwartest, dann werden wir da wahrscheinlich ein kleines Problemchen bekommen."

Er lacht laut aus und haut sich mit der Hand auf seinen Schenkel. „Das glaube ich auch, dass wir dann ein Problemchen hätten."

Endlich scheint er etwas gelöster zu werden. „Wir können ganz natürliche Alltagssituationen fotografieren, in denen du dann etwas Haut zeigst. Mit einer geschickten Lichtsetzung kann das sehr stimmungsvoll sein. Ich muss dann in der jeweiligen Konstellation sehen, wie es am besten wirkt."

„Das hört sich spannend an." Otto schaut mich weiter fragend an.

„Die Frage ist halt auch, ob du deinen Körper magst wie er ist, oder ob du manche Regionen eher nicht im Bild sehen möchtest?"

„In jungen Jahren hatte ich mit meiner Behaarung so meine Probleme. Je älter ich werde, desto mehr mag ich mich und bin jetzt eigentlich sehr zufrieden mit mir. Ich hoffe, du hast kein Problem einen haarigen Kerl zu fotografieren?"

„Ich bin selbst ja auch nicht gerade unbehaart

und mag eine männliche Behaarung auch ganz gerne anschauen." antworte ich einigermaßen diplomatisch.

„Ich möchte auch sehr gerne Bilder, auf denen ich komplett nackt bin." teilt mir Otto mit.

„Das habe ich auch so verstanden." sage ich mit einem frechen grinsen im Gesicht.

„Wie weit kann ich denn gehen?" kommt die nächste Frage.

'Du kannst mir die Kleider vom Leib reißen und mir deinen Schwanz in den Hals schieben.' geht es mir durch den Kopf. Ich sage aber: „Ich bin nicht so leicht zu erschrecken. Wir können sehr viel machen. Hast du etwas Bestimmtes im Kopf?"

Er schaut mir ins Gesicht und überlegt. Scheint sich zu fragen, ob er seinen Wunsch einfach so äußern soll.

Um ihn zu beruhigen lege ich meine Hand auf seinen Arm und sage: „Ich habe die unterschiedlichsten Kerle nackt fotografiert und schon den einen oder anderen Sonderwunsch fotografiert. Wir sind hier, um deine Wünsche zu erfüllen. Sag einfach was du dir vorstellst."

„Okay," beginnt er seinen Satz und sagt dann:" Ich hätte gerne ein Bild von meinem steifen Schwanz."

Die Vorstellung erregt mich augenblicklich, ich atme tief ein, setzte mich etwas gerader hin und bemerke, wie in meiner Hose ein Lusttropfen aus meiner Eichel quillt. 'Hoffentlich drückt der Saft nicht durch den dünnen Stoff.' geht es mir durch den Kopf. '...egal!'

Ich antworte: „Das mache ich gerne." Spontan

beschließe ich etwas forscher zu werden und ergänze ein: „Ich freue mich schon auf den Anblick!"

„Super." Otto ist sichtlich erfreut. „Ich habe ein gutes Gefühl und denke, das wird bestimmt ein spannendes Erlebnis." Er lächelt mich breit an und sein Schnauzbart dehnt sich dabei über sein ganzes Gesicht.

„Ja, das denke ich auch." bestätige ich ihm.

Spontan springt Otto auf, blickt mich freudig an und sagt: „Lass uns anfangen."

Ich erhebe mich ebenfalls, sage: „Okay!" und spüre wie ein weiterer Lusttropfen in meine Unterhose läuft. Ich schaue an mir herunter und sehe einen kleinen dunklen Fleck, da wo mein Schwanz ist.

Otto hat es ebenfalls bemerkt und sagt: „Bei dir scheint alles richtig zu funktionieren." und lacht kurz dabei.

„Kann ich kurz zur Toilette?" frage ich ihn.

„Ja klar, da hinten den linken Gang entlang."

Ich setze mich auf die Toilette und lasse es einfach laufen. Dann trockne ich meine Unterhose mit etwas Toilettenpapier und ziehe meine Hose wieder hoch. Der Fleck ist zwar immer noch zu sehen, er dürfte so aber vorerst nicht größer werden. Ich wasche meine Hände und mache mich auf den Weg zurück zu Otto.

'Dann werde ich mal die Technik aufbauen.' denke ich auf dem Weg zurück. 'Ein Licht sollte ausreichend sein.' Nur so wenig Technik wie nötig, ist eines meiner Mottos.

Ich erreiche das Wohnzimmer am Ende des Korridors.

„Ich habe mich schon mal ausgezogen." Otto steht nackt bis auf die Unterhose neben seinem Sofa. Seine Sachen hat er sorgfältig über die Armlehne gelegt.

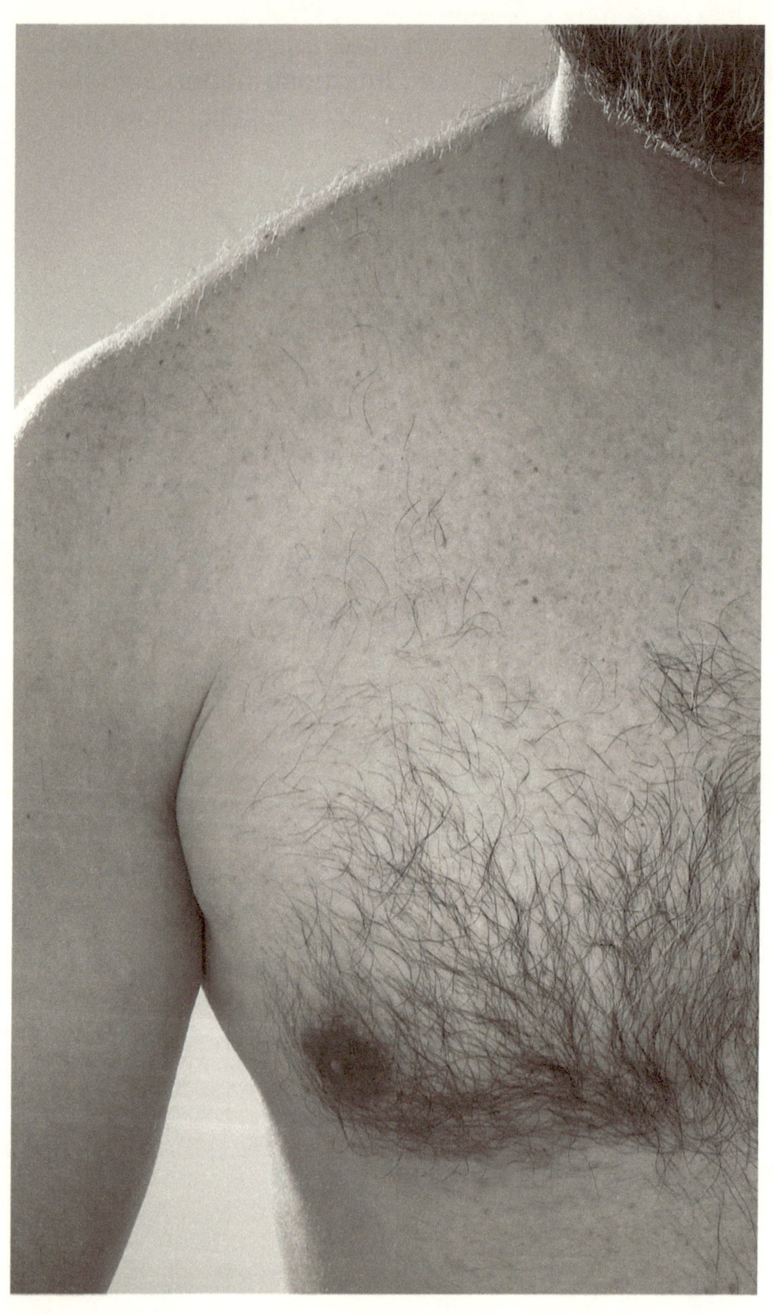

Übermannt

Ein Bär von einem Mann steht vor mir im Raum. Otto ist wirklich sehr haarig. Sein ganzer Körper schaut stämmig kompakt aus und seine Brust wirkt mit der dichten Behaarung noch massiger als sie ohnehin schon ist. Dieser Eindruck setzt sich auch bei seinem Bauch fort. Prall und fest zugleich und ein klein wenig „Hüftgold". Sein Fell bildet in der Mitte eine schwarze Linie bis zu seinem Bauchnabel.

Er verschränkt die Arme vor seiner Brust und für einen Augenblick kann ich sehen, wie die Muskeln arbeiten, wie sich seine kräftigen Arme sortieren und die Brust neu formen.

Otto steht breitbeinig vor mir und ich lasse meine Blicke an seinem Körper entlang nach unten wandern. 'Wieso hat ein Urologe Beine wie ein Möbelpacker?' frage ich mich erstaunt.

„Was für einen Sport treibst du denn?" frage ich schließlich.

Er lacht. „Eigentlich nichts besonderes. Ich gehe gerne wandern und hin und wieder ins Fitnessstudio. Ich war schon immer etwas kräftiger. Muss wohl irgendwie an den Genen liegen."

Ich nicke nur kurz und sage: „Deine Behaarung ist wirklich sehr männlich. Also..." ich zögere „... wenn es dir nichts ausmacht, darf ich deine Brusthaare anfassen?" erwartungsvoll und mit großen Augen schaue ich fragend in sein Gesicht.

„Ja klar, kein Problem." Im selben Moment lösen

sich seine Arme aus der Verschränkung und er geht auf mich zu. Kurz vor mir bleibt er stehen, schaut mir in die Augen und ich werde plötzlich ziemlich nervös. So nah wirkt Otto noch animalischer. Ich schaue mir seine haarige Brust an. Er atmet tief ein und hebt dadurch seine Brust ein gutes Stück nach oben. Ein leicht würziger Duft dringt an meine Nase. 'Er riecht sehr geil!' denke ich und spüre direkt, wie mein Hose enger wird.

Dann greife ich zu, lege meine Hände auf seine Brust und streiche durch sein dichtes Fell, sehe, wie seine Haare durch meine Finger wandern. Seine Behaarung fühlt sich rau und fast schon borstig an. Die Brust ist rundlich ausgeprägt und fleischig. Zu den Seiten hin ist sein Fell nicht so dicht und ich spüre seine Haut, die leicht feucht ist. Bei den augenblicklichen Temperaturen kommt man schnell ins schwitzen und dazu kommt die situationsbedingte Aufregung. Jedenfalls fühlt er sich sehr gut an.

„Puhh... danke. Es schaut echt faszinierend aus, wie dicht die Haare in der Mitte sind. Das fühlt sich gut an." Ich schaue in seine hell-braunen Augen und nehme meine Hände von seiner Brust. Doch Otto greift sie und zieht mich zu sich ran. Dann nimmt er mich in seine Arme. Wir halten uns einen langen Moment, schauen uns dann in die Augen und küssen uns. Sein Bart kitzelt meine Nase. Ich spiele mit der Zunge an seinen weichen Lippen und spüre seine Zunge an der meinen.

Er greift mein Shirt und zieht es mir über den Kopf. Dann schaut er meinen Körper an. Seine

Blicke wandern über meine Brust hinab über meinen Bauch. Dabei hält er mich an meinen Schultern fest und sagt: „Du bist so ein schöner Mann."
Überwältigt von seinem Kompliment schlinge ich meine Arme um ihn und drücke ihn kräftig.
„Danke, und du bist ein geiler Bär."
Ich küsse ihn wieder und lasse dabei meine Hände wandern. Sein Arsch fühlt sich rund und fleischig an. Ich spüre, wie er plötzlich seine Muskeln anspannt und sich dadurch sein Hintern ganz fest anfühlt.
Dann wandern seine Hände ebenfalls nach unten und nach vorne zu der Schnalle von meinem Gürtel. Ich helfe ihm kurzerhand, löse den Gürtel und lasse meine Hose einfach nach unten gleiten. Wir stehen uns nun gegenüber, in seiner Unterhose geht es genau so eng zu wie in meiner.
„Komm, wir machen es uns gemütlich." Otto nimmt meine Hand und zieht mich hinter sich her in sein Schlafzimmer.
'Ich glaube, heute werden wir wohl keine Bilder mehr machen.' denke ich während ich ihm folge.
Mein Blick fällt auf seine Unterhose, in der sich die Arschbacken mit jedem Schritt hin und her bewegen. Fasziniert beobachte ich das Schauspiel. Dann wandern meine Augen höher und ich stelle fest, dass auch sein Rücken sehr haarig ist. Seine Wirbelsäule liegt tief eingebettet zwischen seinen massigen Schulterblättern. Erotik pur!
Otto zieht mich an sich vorbei und drückt mich sanft aber bestimmt auf sein großes Bett.

Im Schlafzimmer sind die Jalousien an den Fenstern herunter gelassen. Die Abendsonne scheint sanft zwischen den einzelnen Elementen hindurch und erhellt das Zimmer auf eine angenehme warme Weise.

Ich liege auf meinem Rücken und schaue nach Otto, der wiederum mich anschaut und sich langsam auf mich zu bewegt. Er legt seine Hände auf meine Füße, tastet sich langsam aufwärts und streichelt meine Schenkel. Er kniet sich zwischen meine Beine und seine Hände erreichen meine Unterhose.

Leicht beugt er sich nach vorn zu mir und dabei schaut sein Körper noch massiger aus. Die haarige Brust und der Bauch erscheinen als wuchtige Elemente an seinem Körper. Ich möchte ihn jetzt am liebsten anfassen und spüren.

Otto zieht sachte meinen Slip nach unten. Ich spüre, wie der Gummibund meinen prallen Schwanz mit nach unten zieht, bis dieser dann mit Schwung aus meiner Hose flutscht. Otto ist sichtlich erregt, schaut auf mein steifes Glied und sagt: „Du hast einen prächtigen Schwanz!" er atmet hörbar aus. „Mmhhh..."

Noch bevor ich irgendetwas erwidern kann, drückt er sein Gesicht in meinen Schritt, zieht kräftig die Luft durch seine Nase und quittiert das ganze mit einem leisen Stöhnen. Dann nimmt er meinen Harten in seine Hand, schaut ihn an und leckt mit seiner Zunge den ganzen Schaft entlang hoch bis zu meiner Eichel. Ein wohliger Schauer durchläuft meinen ganzen Körper. Im nächsten Augenblick fühle ich, wie

meine Eichel in seinen warmen, feuchten Mund
gleitet. Otto beginnt genüsslich zu lutschen. Der
Anblick, wie mein steifer Schwanz hinter seinem
breiten Schnauzbart verschwindet, erregt mich
zusätzlich. Ich genieße seine weichen Lippen
und wie er mit seiner Zunge meine Eichel
stimuliert. Wohlige Schauer durchlaufen meinen
Körper. Mit beiden Händen fasst Otto meine
Hüfte, senkt seinen Kopf immer tiefer und
schiebt sich mein Rohr bis tief in seinen Mund.
Ich spüre den Widerstand an seinem Rachen
und den Druck, der sich an meinem Schwanz
aufbaut. „ah...“
Otto gibt mein Glied frei, grinst mich kurz an und
fragt: „Gefällt's dir?“
„Ja, du bist so ein geiler Bär.“ presse ich erregt
aus mir heraus.
Dann zieht er meinen Slip vollends aus und
macht sich über meine Eier her. Zuerst greift er
meinen Sack so, dass er meine Eier in seiner
rechten Hand hält. Mit Daumen und Zeigefinger
bildet er einen Ring, damit meine Hoden nicht
mehr entweichen können. Er drückt sie
vorsichtig, massiert leicht und küsst sie zärtlich.
Das fühlt sich geil an. Ich mag es allerdings
gerne etwas fester haben und deshalb sage ich
ihm: „Du kannst da ruhig fester anpacken. Ich
bin überhaupt nicht empfindlich an meinen
Eiern.“
Er schaut mich an, lächelt und drückt zu.
„Ooohhh...“ ich stöhne augenblicklich auf. Ein
leichter Schmerz durchströmt lustvoll meinen
Körper. Endlich ein Kerl, der sich an meine Eier
traut. Mit festem Griff hält er meinen Sack fest

und steckt sich eines meiner Eier in seinen warmen Mund. Ich spüre, wie er das Ei mit seiner Zunge umkreist, wie er an ihm lutscht und es dann, durch seine Lippen hinaus flutschen lässt. Sofort nimmt er das nächste Ei in Bearbeitung und wiederholt sein geiles Werk.
Mein Schwanz ist steinhart und eigentlich habe ich jetzt Lust seinen Schwanz zu blasen und seinen haarigen Körper zu erkunden.
Aber er hat noch nicht genug, er entlässt meine Eier aus seinem Griff und streichelt wieder meinen Schwanz. Ottos Blicke wandern über meinen Körper. Er scheint den Anblick zu genießen und von meinem Schwanz ist er offensichtlich besonders angetan.
Ich entscheide, mich einfach fallen zu lassen und abzuwarten, wohin uns die Geilheit treibt.
Otto nimmt wieder meinen Harten in seine Hand und wichst ihn mit festem Griff. Mit seiner anderen Hand geht er zielstrebig zwischen meine Beine und fährt mit einem Finger langsam über mein Loch.
„uhhh..." Geilheit durchströmt mich.
Gleich darauf schiebt er seine Hand nochmal zwischen meine Beine und lässt seinen Finger wieder über meinen Anus streifen. Dann verweilt er dort, massiert meinen Eingang mit kreisenden Bewegungen, erhöht vorsichtig den Druck und schiebt langsam, nur ein kleines Stückchen, einen Finger in meinen Arsch.
Normalerweise werde ich augenblicklich nervös, wenn ein Kerl zu forsch an meiner Rosette spielt. Zu schnell kann man sich an der empfindsamen Haut verletzen. Da hier aber ein

Urologe am Werk ist, der offensichtlich weiß was er tut, bin ich entspannt, genieße die erregenden Berührungen und lasse meiner Geilheit freien Lauf.

Otto befeuchtet seine Finger mit Spucke und setz sie gleich wieder an mein Loch, massiert die empfindliche Region ein wenig und drückt mir wieder einen Finger hinein. Dieses mal ein bisschen weiter. Ich fühle, wie er meinen Schließmuskel weitet und sich hindurch drückt. Ein weiterer Finger schiebt sich in mein immer gieriger werdendes Loch und ich stöhne leise aus. Wärme breitet sich aus und in mir steigt das Verlangen nach mehr. Mehr von diesen geilen Berührungen und mehr von Otto. Dann stoßen seine Finger in meinem Arsch gegen meine Prostata. Ich stöhne kurz aber laut aus: „Oh...“

Augenblicklich windet sich mein Körper vor Lust und Geilheit.

Ich will jetzt mehr, will seinen harter Schwanz ganz tief in mir spüren! Er soll mich ficken.

Das ist der Moment, auf den Otto gewartet hat. Er richtet sich auf, packt meine Beine auf seine Schultern und presst seinen Unterleib gegen meinen. Der Anblick seiner haarigen Statur und wie kraftvoll er mich anpackt, gibt mir den Rest, ich will ihn jetzt unbedingt in mir.

Mit einer schnellen Bewegung befreit er seinen, vor Geilheit triefend nassen, Schwanz aus der Unterhose. Einen kurzen Moment legt er ihn zwischen meine Bein. Ich fühle, wie warm und schwer sein hartes Glied ist. Aber nur kurz, dann bewegt er sein Becken etwas zurück und wieder vor, schiebt seinen steifen Schwanz an meinen dicken Eiern vorbei. Verweilt wieder ein wenig und schaut mir dann in die Augen.

„Ich will dich ficken." Sagt er mit tiefer, fester Stimme. In seinem Gesicht spiegelt sich pure Lust und ein tiefes Verlangen.

Fast flüsternd sage ich: „Ja, steck deinen geilen Schwanz in mein gieriges Loch."

Otto beugt sich über mich, drückt meine Beine auf meinen Körper und küsst mich. Sein Schwanz rutscht dabei nach hinten, direkt zwischen meine Arschbacken. Dann richtet er sich auf, nimmt seinen Harten in die Hand und setzt ihn direkt an meinen Eingang. Ich spüre seine feuchte Eichel an meinem Anus. Gierig vor Geilheit beobachte ich das Schauspiel, sehe diesen kraftvollen haarigen Bär zwischen meinen Beinen knien. Er schaut hinab zu seinem Schwanz, hat meine beiden Beine fest im Griff.

Dann, langsam aber bestimmt, schiebt Otto sein Becken nach vorne. Die Schwanzspitze drückt gegen meinen empfindsamen Eingang. Er erhöht den Druck und ich fühle, wie er ganz behutsam in mich eindringt. Otto lässt sich Zeit, fickt mich sachte mit seiner Eichel. Dann gibt er wieder Druck auf mein Loch und seine Schwanzspitze erreicht meinen Schließmuskel. Otto spürt den Widerstand und verweilt einen Moment. Dieser Moment des Eindringens kann unendlich lustvoll sein aber auch sehr schmerzhaft, wenn der Schließmuskel nicht genügend Zeit bekommt sich zu entspannen. Otto gibt mir die Zeit die ich brauche! Ich bin beruhigt über sein vorsichtiges Vorgehen und kann mich schnell entspannen.

'Er weiß was er tut.' Mit mäßigem aber gleich bleibendem Druck auf meinen Eingang, weitet sich meine Rosette Stück für Stück und ich spüre, wie Ottos feuchtes Rohr immer tiefer eindringt. Er schaut immer noch an sich herab, beobachtet wie sein Schwanz immer weiter in meinen Arsch gleitet. Ich sehe in seinem Gesicht wie er diesen Anblick genießt. Dann schaut er mich an.

„Alles okay?" fragt er knapp.

Ich nicke und lächel ihn an.

Dann zieht er seinen Schwanz etwas zurück, beobachtet meine Reaktion und schiebt ihn mir behutsam wieder hinein. Nur soweit, wie er vorhin schon vorgedrungen war. Ich spüre wieder den Druck und den inneren Widerstand, der allmählich nachgibt. Otto rückt weiter vor, wird forscher und mit einem mal ist der Weg frei. Er presst sein Becken an meinen Arsch und verharrt einen Moment. Sein Schwanz fühlt sich gut an in mir drin. Ich bin bereit!

Sachte fängt er an mich zu ficken. Zuerst testet er vorsichtig, ob alles passt. Dann wird er forscher und schneller. Ich schaue mir seinen fleischigen Körper an während er mich fickt, greife in seine Behaarung und massiere seine Brust. Sein Schwanz in meinem Loch lässt mich vor Geilheit stöhnen. „Ohja... Ohh... ahhh..."

Er beugt sich über mich und drückt meine Beine an meinem Körper. Mit seinem ganzen Gewicht drückt er mir sein hartes feuchtes Rohr tief hinein. Ein intensiver Impuls durchfährt mich und für einen Moment habe ich das Gefühl, als würde ich gleich kommen. „uAaahh..." entfährt es mir.

Otto hebt sein Becken an und gleich darauf drückt er mir seinen dicken Schwanz bis zum Anschlag hinein. Seine Eichel presst sich dabei an meiner Prostata vorbei und löst ein elektrisierendes Gefühl in mir aus. „oAaaahhh...“ Er verweilt einen Augenblick in mir drin, dann hebt er sein Becken wieder an. „uAaaah...“ wieder drückt er meinen empfindlichen Punkt tief in mir drin.

Immer wieder zieht er sich zurück, verweilt kurz und schiebt seinen harten Schwanz tief in mich hinein, verweilt wieder einen Moment, zieht ihn wieder langsam heraus und wiederholt sein Treiben. Jedes mal, wenn er sein Glied in mich hinein schiebt und an meiner Prostata vorbei kommt, fühle ich meine Eichel wie kurz vor dem Orgasmus. Immer intensiver wird das Gefühl und immer lauter wird mein Stöhnen.

Otto brummt vor Geilheit und rammt seinen geilen Schwanz immer schneller in mich hinein. Mit jedem Stoß trifft er meine Prostata, die am liebsten vor Geilheit explodieren möchte. Otto schnauft heftig und erregt. Dann richtet er sich plötzlich auf und schaut wieder zu, wie sein Schwanz in mich eindringt. Nach ein paar sanften Stößen zieht er ihn raus, klatscht ihn kurz gegen meine Arschbacken und schiebt ihn wieder in mein Loch. Dort verweilt er ruhig, schaut hinab zu meinem Steifen und sagt: „Da habe ich dir aber einen ordentlichen See aus der Prostata gepumpt.“

Ich schaue zu meinem Schwanz und sehe ein Gemisch aus Vorsaft und Sperma auf meinem

Bauch. Es hat sich also nicht nur so angefühlt, es ist auch wirklich einiges aus meiner Eichel heraus gekommen. Bei jedem seiner Stöße vermutlich mehrere Tropfen.

„Wow, das habe ich noch nie erlebt. Du fickst mich aber auch richtig geil!"

Langsam macht er weiter und ich spüre wieder, wie seine Schwanzspitze, tief in meinem Innern, gegen mein Lustzentrum stößt.

Dann schaut er mich an und sagt: „Stimuliere meine Brustwarzen, das gibt mir den Rest."

Otto nimmt meine Beine, spreizt sie auseinander und beginnt herzhaft in mich hinein zu stoßen. Ich fahre mit den Händen durch seine Brusthaare und zwicke leicht in seine Brustwarzen. Augenblicklich stöhnt Otto laut aus: „Aaahhh…, jaaah!"

Seine Brustwarzen fühlen sich hart an und ich kitzel sie und zwicke sie abwechselnd. Otto scheint es zu gefallen. Immer fordernder werden seine Stöße. Dann lässt er meine Beine los, beugt sich nach vorne. Ich schließe meine Beine hinter ihm und genieße seine Stöße. Mein Schwanz liegt jetzt direkt unter Ottos Bauch. Mit jedem Stoß in mein Loch reibt er seinen haarigen Bauch über meinen nassen Steifen.

Das fühlt sich geil an und ich fühle, wie meine Eichel immer wärmer wird. Otto stöhnt und fickt mich immer schneller. Ich kneife seine Brustwarzen und ziehe ein bisschen daran. „Aahhjaaa…" er quittiert das mit einem lauten Aufschrei. In seinem Gesicht sehe ich die pure Lust und deshalb ziehe ich noch ein bisschen fester an seinen harten Nippeln. „Aaahhh…"

Otto rammt mir seinen Schwanz tief hinein und stöhnt: „Aaahhh..." und nochmal, „Aaahhh..."
„Ohhjaaa..." stöhne ich, wieder hat er meine Prostata getroffen. Ich spüre, wie ein dicker Schwall Sperma aus meiner Eichel spritzt. Mein ganzer Körper spannt sich an, ich presse mein Kinn gegen meine Brust und fühle die Lust in mir, die jeden Moment explodieren will.
Otto schließt seine Augen. Ich sehe, wie er seinen Oberkörper anspannt. Seine Brust, fühlt sich plötzlich steinhart an. Dann rammt er mit voller Wucht seinen Schwanz in mich hinein. Wieder durchfährt mich diese Energie und dieses mal entlädt sich meine sexuelle Anspannung in einem mächtigen Schlag. „AAAaaaaaahhh..." ich schreie meine gesamte Lust aus mir hinaus.
Otto zuckt nach vorne, für einen Moment ist er ganz still. Ich spüre, wie mein Schwanz eine Ladung Sperma nach der anderen auf meinem Bauch verteilt und wie mein Körper mit übermächtigen Glücksgefühlen durchflutet wird. Dann schreit auch Otto seine Lust hinaus.
„AAAaaaaaaahhhahhAahhh..."
Er presst sein Becken fest an meinen Arsch und mit unkontrollierten Zuckungen und heftigen Atemstößen pumpt er sein Sperma tief in mich hinein. Der Moment dauert nur Sekunden. Dann fällt er erschöpft nach vorn, fängt sich kurz vor mir ab und legt sich sanft auf mich. Ich spüre seinen vor Schweiß ganz nassen Körper auf mir liegen. Sein Schwanz zuckt noch in meinem Loch. Tief befriedigt schließe ich meine Arme um ihn und halte ihn ganz fest. Allmählich beruhigt

sich sein Atem wieder und ich spüre, wie sein Glied, in mir drin, immer kleiner wird. Er lässt ihn einfach stecken, was sich gut anfühlt. Otto küsst mich. „Puhhh... das hatte ich wirklich nötig." Er grinst mich breit an und drückt mir einen Kuss auf den Mund. Dann rollt er sich seitlich von mir herunter, wobei sein Schwanz vollends aus meinem Arsch flutscht, was mir einen kleinen Schauer durch den Körper schickt.

Er beginnt meine Brust zu streicheln und sagt: „Du bist ein toller Kerl. Ich freue mich, dass wir uns getroffen haben."

„Ich freue mich auch. So geil wurde ich noch nie hergenommen. Danke, dir."

„Ich danke dir."

Eine Weile später sage ich dann: „Heute wird es wohl nichts mehr mit fotografieren."

„Ja, aber lass uns doch morgen welche machen. Das heißt, wenn du da Zeit hast." Er schaut mich fragend an.

„Gerne, dann komme ich morgen einfach so gegen 19 Uhr?"

„Wenn du magst kannst du auch schon früher kommen, dann essen wir zusammen."

„Okay, ich freue mich. Dann bin ich um 18:30 Uhr wieder hier." Ich lächle ihn an und wir küssen uns.

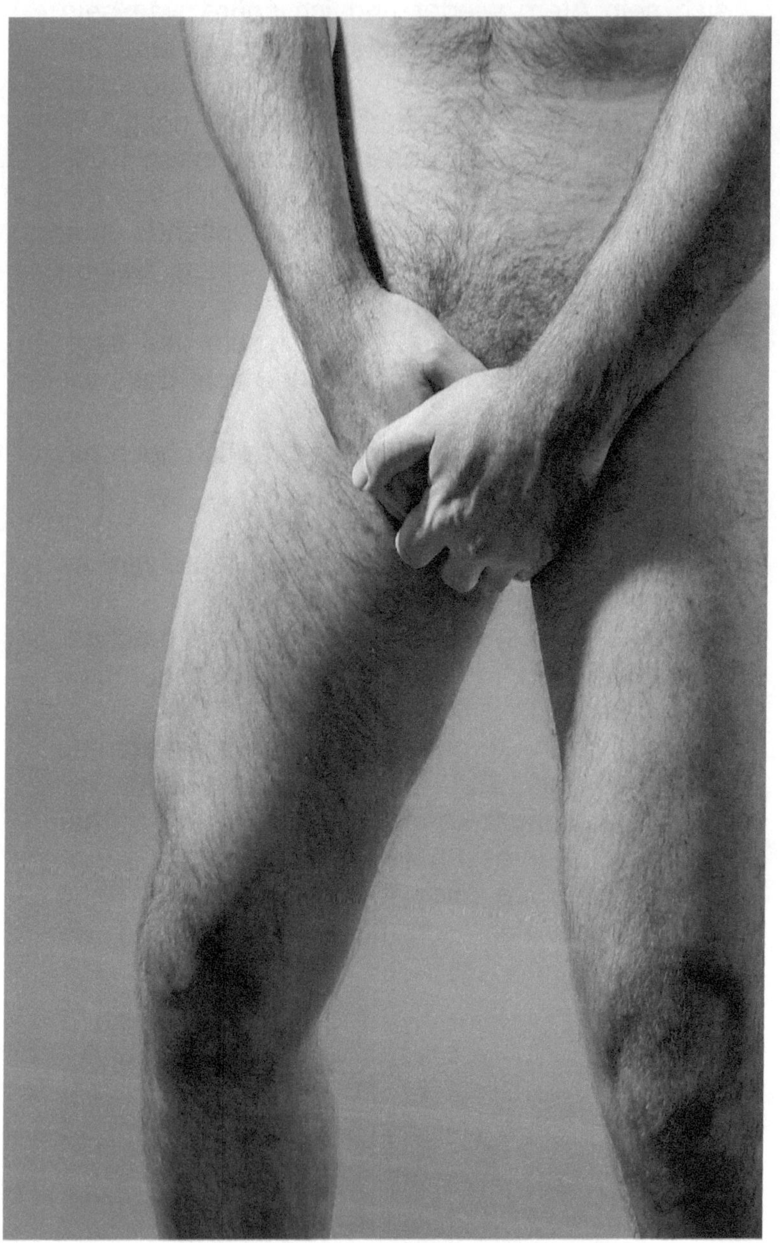

Abendessen

Zuhause genieße ich erst einmal eine heiße Dusche. Immer wieder geht mir Otto durch den Kopf und wie geil der Sex mit ihm gewesen ist. So einen befriedigenden Orgasmus hatte ich schon eine Ewigkeit nicht mehr. Morgen machen wir dann prickelnde Fotos zusammen. Mir gehen einige Szenen durch den Kopf, wie ich Otto platziere und wie ich die Bilder gestalten möchte. Sein haariger Körper soll gut zur Geltung kommen und ich will auf jeden Fall eine männlich erotische Wirkung in den Bildern haben. Ich bin mir sicher: Die Aufnahmen mit ihm werden klasse!
Hoffentlich haben wir auch wieder so geilen Sex zusammen. Dieses mal aber erst nachdem wir die Fotos gemacht haben.
Nackt lege ich mich auf mein Bett. In meinen Gedanken liege ich in Ottos kräftigen Armen und lege meinen Kopf auf seine haarige Brust. Ich fühle tiefe Zufriedenheit in mir. Ganz allmählich blendet sich alles aus und ich schlafe sanft ein.

Die Sonne scheint, durch eine kleine Ritze im Rollladen direkt in mein Gesicht. Unter heftigem Blinzeln drehe ich meinen Kopf und suche die Anzeige auf dem Wecker. Es ist 6:33 Uhr.
'Morgenstund hat Gold im Mund.' geht es mir spontan durch den Kopf.
Einigermaßen motiviert stehe ich auf und gehe in mein Badezimmer. Mit einer Handvoll kaltem Wasser, wasche ich mir den Schlaf aus den

Augen und betrachte mich im Spiegel.
'Für einen über 50-jährigen nicht schlecht.' befinde ich, was ich im Spiegel sehe. Der regelmäßige Sport zahlt sich eben doch aus und ein muskulöser Körper mit Haaren darauf ist halt auch sexy. Für einen kleinen Moment spanne ich meinen Bizeps an, lache dann über mich selbst und setze mich auf die Toilette.

Zum Frühstück gibt es einen Becher Kaffee und eine kleine Schale voll Müsli. Ich setze mich raus auf meine Terrasse, mache es mir gemütlich und lasse mir das bescheidene Frühstück schmecken. In der Nacht hat sich die Luft kaum abgekühlt und der Himmel ist wolkenlos blau. Es wird sicher wieder ein heißer Tag werden. Mein Smartphone bestätigt meine Vermutung und prophezeit 34° gegen 16 Uhr.
'Am besten ich schau zu, dass ich schnell meine Arbeit erledige und fahre dann ins Schwimmbad.' plane ich spontan. Da ich zeitig aufgestanden bin, sollte das kein Problem sein. Bei so hohen Temperaturen ist kühles Wasser die beste Erfrischung und ein paar Bahnen schwimmen wird mir sicher ebenfalls gut tun. Danach fahre ich zu Otto. 'Das wird ein toller Tag!'
Gut gelaunt mache ich mich an die Arbeit.

Das letzte Bild ist fertig bearbeitet und ich schaue auf die Uhr. Es ist kurz vor zwölf. Für heute reicht es mir. Die Abschluss-Rechnung für den Kunden schreibe ich morgen, dann ist alles erledigt. Der Auftrag war schneller abgearbeitet als ich dachte und die Fotos sind auch noch ziemlich gut geworden. Mein Kunde wird zufrieden sein.

Auf dem Weg zum Schwimmbad werde ich, wieder mal beim Chinesen halten. Ein leckeres Reisgericht ist bei den Temperaturen genau das richtige.

Gut gelaunt packe ich eine Tasche für das Freibad und mache mich auf den Weg. Mit dem Auto sind es nur knapp fünf Minuten zu meinem Lieblings-Chinesen. Normalerweise gehe ich gerne zu Fuß hier her. Da ich aber anschließend gleich schwimmen gehe, ist die Fahrt mit dem Auto natürlich viel praktischer.

Im Chinarestaurant ist wenig los und eine freundlich lächelnde Asiatin begrüßt mich mit den Worten: „Guten Tag, wissen sie schon was sie möchten?" Ich bestelle eines meiner Leibspeisen und ein großes Glas Sprudel-Wasser. Die Bedienung fragt mich zur Bestätigung: „Fisch mit Knoblauchsoße?"

„Ja." antworte ich knapp und lächle freundlich zurück.

Mein Smartphone überbrückt die Zeit bis meine Bestellung kommt. Die Knoblauchsoße duftet verführerisch und mir läuft sofort das Wasser im Mund zusammen. Ich lasse es mir schmecken und lese nebenher ein paar neue Beiträge auf den gängigen Nachrichtenportalen.

Der Präsident der USA hat sich, wieder mal, mit einer abstrusen Meldung über Twitter, lächerlich gemacht. Aber das interessiert mich nicht wirklich und ich lese statt dessen lieber einen Artikel über Elektroautos. Elektrisch betriebene

Automobile sind spannend und der Artikel dazu ist unterhaltsam und informativ geschrieben. Kurzerhand teile ich den Bericht auf Facebook. Eventuell findet einer meiner Facebook-Freunde elektrisch angetriebene Autos ebenfalls interessant.
Ich gebe ein ordentliches Trinkgeld, weil mir das Gericht heute irgendwie besonders lecker geschmeckt hat und verlasse, satt und zufrieden, das Restaurant.

Im Freibad ist die Hölle los. Kurz überlege ich, ob mein Plan hier her zu kommen, wirklich so toll ist. Auf dem Gelände verteilen sich die Leute rund um die Schwimmbecken. Beim Babybecken sehe ich junge Mütter, die ihre Kleinen beaufsichtigen. Einige sind offensichtlich auch wieder schwanger.
Das größte Geschrei geht vom nächsten Becken aus. Hier tummeln sich zahllose Jungs und Mädchen, im gerade mal ein Meter tiefen Wasser. Die Rutschbahn wird rege genutzt.
Mein Weg führt mich am Schwimmerbecken vorbei bis hinter die Sprungtürme, wo es noch ein paar ruhige und schattige Plätze gibt.
Ungeniert ziehe ich meine Hose aus und steige in meine Badehose. 'Erstmal hinlegen.' beschließe ich und breite meine Decke aus. Das Handtuch nehme ich als Kopfkissen und mache es mir bequem. Eine leichte Brise streicht über meinen Körper. Der Lärm am anderen Ende des Geländes blendet sich immer mehr aus und ich entspanne mich merklich.
Die letzten Tage waren aufregend und ich denke

zurück an Gestern. Vor meinem geistigen Auge
sehe ich nochmal meine Hand durch Ottos
haarige Brust fahren. Seine breiten Schultern
und sein enormer Schnauzbart erscheinen vor
meinem geistigen Auge. Der Schweiß rinnt an
Ottos Schläfe entlang, durch seine Bartstoppeln
hindurch und sammelt sich als Tropfen an
seinem männlichen Kinn. Er riecht herb markant.
Sein Schwanz fühlte sich gut an in mir. Er hat es
mir echt besorgt. So befriedigenden Sex hatte
ich wirklich schon sehr lange nicht mehr gehabt.
„Ahhh, sie auch hier?" höre ich von Rechts.
Erschreckt drehe ich mich um. „Guten Tag Herr
Schmidt." Mist, neben mir steht der Kunde,
dessen Bilder ich heute fertig gestellt habe.
Irgendwie fühlt es sich blöd an, wenn er mich
hier mitten am Tag im Schwimmbad liegen sieht;
mein halb steifer Schwanz in der Hose macht die
Situation nicht besser.
„Wie geht es ihnen?" frage ich mit gespieltem
Interesse.
„Ganz gut, danke. Bei dem Wetter ist das Bad
Gold wert. Wie geht es ihnen? Kommen sie mit
den Bildern voran?"
Sein Blick wandert über meinen Körper. Ich
beschließe nichts zu verbergen. Soll er doch
sehen, was ich zu bieten habe und solange alles
verpackt ist, ist das ja auch irgendwie in
Ordnung.
„Ihre Bilder habe ich heute morgen fertig
gemacht. Sie sind sehr schön geworden und ich
werde sie ihnen gleich morgen früh schicken."
Meinen Kunden sage ich immer, dass mir ihre
Bilder besonders gut gefallen. Schließlich bin ich

der Profi und ein Profi kann am besten beurteilen ob Bilder gut geworden sind!
„Oh, da freue ich mich schon drauf." Sein Blick verweilt für einen Moment lang auf meiner Badehose.
„Ich kümmere mich gleich morgen früh als erstes darum." Ich lächle ihn etwas übertrieben an. Herr Schmid ist ein freundlicher Mann und Kunde. Als Mann finde ich ihn nicht sehr spannend obwohl sich unter seiner Badehose ebenfalls einiges abzeichnet. Er ist schlank und fast ganz unbehaart. Das Gegenteil von der Sorte Mann, die ich sexuell anziehend finde.
„Super, vielen Dank schon mal. Ich wünsche ihnen viel Spaß hier."
„Danke, ihnen auch viel Spaß."
Er dreht sich um und geht. Ich schaue ihm ein paar Sekunden nach und sehe, wie er sich neben eine junge Frau auf die Decke legt.
'Hoffentlich will er den Preis nicht neu verhandeln, nur weil er mich hier im Schwimmbad sieht.' überlege ich. Ein paar Sekunden später ist es mir egal. Ich mache mich auf in Richtung Schwimmbecken um ein paar Bahnen zu schwimmen. Das kühlende Nass und die sportliche Betätigung wird mir sicher gut tun.
Das Wasser erfrischt mich augenblicklich und ich bewege mich mit schnellen Zügen vorwärts, damit es mir wieder warm wird. Das Schwimmbecken ist voll von Leuten, die die gleiche Idee haben wie ich. Geradeaus schwimmen ist fast unmöglich und so bewege ich mich kreuz und quer durch den ganzen Pool. Da ich nicht wirklich Bahnen schwimmen

möchte, ist mir das erst mal egal. Schon circa zehn Minuten später habe ich wieder genug von dem Lärm der vielen Menschen im Becken und ich gehe zurück zu meiner Decke. Heute gehe ich nicht mehr ins Wasser!

Meine nasse Badehose tausche ich gegen eine trockene kurzen Hose und lege mich auf die Decke. Am liebsten möchte ich einfach nackt hier im Schatten liegen, was leider nicht möglich ist in einem öffentlichen Bad, wo sich allerlei Menschen tummeln und auch kleine Kinder.

Gegen 17 Uhr packe ich meine Sachen zusammen und gehe zurück zum Auto. Das Freibad-Gelände ist merklich ruhiger geworden. Die jungen Mütter sind nicht mehr zu sehen und das Kindergeschrei ist nur noch halb so laut.

'Eigentlich sollte ich eher abends hier her kommen.' formt sich eine Erkenntnis in meinen Kopf.

Zuhause gönne ich mir einen Becher heißen Kaffee und ein bisschen Schokolade dazu. 'Puhhh...' am liebsten würde ich mich jetzt in meine Hängematte legen. Die Sonne und die frische Luft haben mich ermüdet. 'Der Kaffee wird schon helfen.' hoffe ich und nehme einen großen Schluck.

Bevor ich zu Otto fahre, überprüfe ich nochmal meine Spiegelreflex und die Objektive, die ich mit nehmen möchte. Alle Akkus sind geladen und auch der mobile Studio-Blitz ist randvoll.

Aus dem Schrank hole ich das Kurzarm-Hemd, in dem ich mich besonders sexy fühle. Dazu ziehe ich eine dunkelblaue kurze Hose an. Auf einen Slip verzichte ich, was sich ein kleines

bisschen unverschämt anfühlt. Jedenfalls dürfte
es heute nicht sehr lange dauern, bis ein kleiner
dunkler Fleck im Schritt sichtbar wird.
Kurz nach 18 Uhr fahre ich los. Eigentlich etwas
zu früh, aber mein Sprit ist fast alle und ich muss
noch einen kurzen Stopp an der Tankstelle
einlegen.
Fünf Minuten vor der verabredeten Zeit komme
ich in der Tiefgarage der Urologie an. Mit einem
kurzen Anruf gebe ich Otto Bescheid, dass ich
da bin und steige in den Aufzug. Ich drücke den
obersten Knopf, gebe Ottos Code ein und der
Aufzug setzt sich in Bewegung. Ganz oben
angekommen öffnet sich die Fahrstuhltüre und
ein vor Freude strahlender Otto begrüßt mich:
„Schön, dass du da bist."
„Ich freue mich auch." sage ich, breite meine
Arme aus und wir halten uns einen Moment lang
fest in den Armen. Otto riecht verdammt gut und
ich drücke ihm einen schnellen Kuss auf seine
Lippen.
„Soll ich dir tragen helfen?" Otto blickt auf meine
Taschen, die schwerer ausschauen als sie
eigentlich sind.
„Nein, das geht schon. Lieb von dir." Das
Wohnzimmer ist nur ein paar Schritte entfernt
und ich stelle alles an der Wand, gleich bei der
Türe ab.
„Ich habe richtig Lust dich zu fotografieren. Es
kommt nicht oft vor, dass man als Fotograf ein
Model hat, das einen persönlich anspricht."
Otto schaut mich grinsend an und sagt: „Von so
einem sexy Fotografen lasse ich mich gerne
fotografieren. Ich bin gespannt, was für Bilder du

mit mir machen wirst und wie ich darauf
ausschaue. Das wird eine ganz neue Erfahrung
für mich, hoffentlich stelle ich mich nicht blöd
an.“
„Mach dir darüber bitte keine Gedanken. Ein
guter Fotograf weiß, wie er sein Model in Szene
setzt. Du kannst nichts falsch machen!“
verspreche ich und hoffe er kann sich später vor
der Kamera entspannt fotografieren lassen.
„Ein bisschen aufgeregt bin ich schon, aber
positiv. Nun, lass uns erst mal essen. Möchtest
du draußen sitzen? Ich glaube die Temperaturen
sind ganz angenehm jetzt.“
„Ja, gerne.“ antworte ich knapp.
„Es gibt Spaghetti Aglio Olio mit Peperoni und
Garnelen. Ich hoffe, du hast kein Problem mit
Knoblauch? Es ist jede Menge dran!“
„Ich mag Knoblauch im Essen, und Garnelen
hatte ich schon lange keine mehr. Danke, dass
du gekocht hast.“
„Ach, das ist ja nichts kompliziertes und geht
recht schnell.“

Das Essen ist verdammt lecker. Otto hat zu den
Spaghetti noch einen frischen Salat gemacht.
Ich erzähle von meinem Tag und das ich mir den
Nachmittag im Freibad gegönnt habe. Otto hört
mir geduldig zu.
„Recht hast du, man sollte es sich gut gehen
lassen, wenn man die Gelegenheit dazu hat.“
bestätigt er mich und berichtet dann von seinem
Tag in der Praxis.
Ab und an kommen Leute mit
außergewöhnlichen Geschlechtsteilen zu ihm

und heute war ein Patient mit einem auffallend langen Sack bei ihm.

„Ui, das hätte ich gerne gesehen. Kommst du da nicht in Versuchung ihn anzufassen?" frage ich interessiert.

Otto lacht kurz und meint: „Ja, ich musste sogar."

„Ich glaube, du hast dir den richtigen Beruf ausgesucht." erwidere ich anerkennend.

„Naja, glaube nicht, dass nur die heißen Kerle zu mir kommen. Die allermeisten haben halt keinen trainierten Körper und auch keinen ansehnlichen Schwanz. Da sag ich mir dann oft, Augen zu und durch."

„Das ist dann natürlich nicht mehr erotisch. Aber ich hoffe, du machst deinen Beruf trotzdem gerne."

„Ja, nach all den Jahren immer noch. Und manchmal kommt ein wirklich ganz leckerer Kerl in meine Praxis." Er zwinkert mich an und grinst dabei, steht dann auf, geht um den Tisch herum und küsst mich sanft auf meinen Mund. „Komm, lass uns fotografieren." fordert er mich auf, schnappt sich einen großen Teil vom Geschirr und geht hinein. Ich folge ihm mit dem Rest.

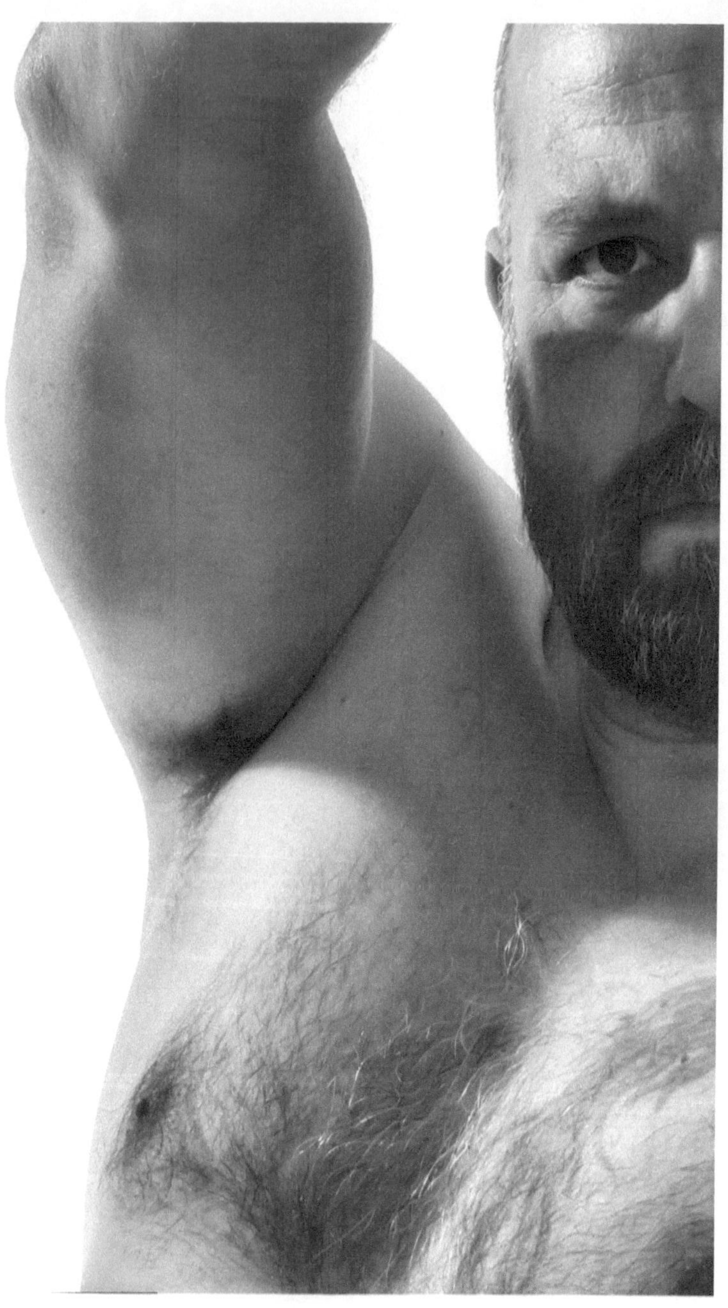

Fotoshooting

„Was soll ich denn anziehen? Oder, soll ich mich ausziehen?" Otto stellt die gleichen Fragen, die jeder in so einer Situation stellt.
Ich muss lachen und sage: „Lass ruhig mal das an, was du trägst. Dein Kurzarmhemd ist sehr sexy und deine Hose sitzt wirklich perfekt. Wir wechseln dann später die Klamotten. Ich bin gleich soweit, einen kleinen Moment noch, dann kann es los gehen."
Die Abendsonne taucht Ottos Wohnung in ein warmes Licht und ich entscheide mich vorerst ohne Blitz zu fotografieren.
„Lehne dich bitte einfach mal hier gegen die Wand." starte ich den Aufbau der Szene. Ich weise Otto so an, dass die Bilder ganz natürlich wirken, so, als würde er einfach hier kurz verweilen, nachdenken oder auf irgendetwas warten.
Mit dem lichtstarken Objektiv wird der Hintergrund ganz weich abgebildet und mein Model kommt herrlich zur Geltung. Das schöne, weiche Licht von der Seite erzeugt eine warme Stimmung, die glaubhaft macht, dass sich der Kerl auf dem Bild auch wohl fühlt. Ich bin mit der ersten Einstellung glücklich.
„Knöpfst du bitte dein Hemd auf?"
Die Szenen wechseln und Otto zeigt immer mehr von seinem Körper. Seine Behaarung kommt im seitlichen Gegenlicht sehr gut zur Geltung. Zwischendurch mache ich immer wieder mal ein Portrait von ihm oder fotografiere

Details, die ich besonders spannend finde. Seine großen Hände, seine Brustwarzen, sein toller Schnauzbart...

Ab und zu zeige ich ihm Bilder auf dem Display der Kamera, damit er sieht, wie ich ihn fotografiere und damit ich merke, ob er damit einverstanden ist. Schließlich sollen die Fotos ihm als Kunde gefallen.

Otto ist sichtlich angetan: „Ich hätte nicht gedacht, dass es so schöne Bilder werden."

„Ich freue mich, dass sie dir gefallen. Mir gefallen die Bilder auch wirklich sehr." sage ich und bin froh über Ottos positive Rückmeldung.

„Fotografierst du auch meinen Schwanz?"

Ich grinse und sage: „Na klar, ich fotografiere alles, was du möchtest."

Mit zwei Schritten bin ich bei Otto und küsse ihn kurz. Er schaut mir in die Augen, nimmt meinen Kopf in beide Hände und küsst mich leidenschaftlich. Ich spüre seine Zunge, die mit der meinen spielt und immer wieder an meinen Lippen kitzelt. Dann drückt er mich fest gegen sich. Wir halten uns einen Moment lang. Seine Hände wandern an die Knöpfe von meinem Hemd und öffnen einen nach dem anderen. Otto streichelt meine haarige Brust und berührt dabei leicht meine Brustwarzen. Im gleichen Moment spüre ich meinen Schwanz zucken und ein dicker Tropfen Geilheit drückt sich durch die Eichel in meine Hose, begleitet von einem wohligen schnurren.

Meine Hände gehen zielstrebig auf die Brustwarzen von Otto zu. Auch ihn durchfährt ein wohliger Schauer und sein massiger Körper zuckt kurz zusammen. Ich bedecke seinen Hals mit Küssen, wandere tiefer über seine Brust und Bauch hinunter bis ich vor ihm knie. Sein Schwanz drückt von innen gegen seine Boxershorts. Mit einem Griff ziehe ich sein Glied aus dem Hosenschlitz und stecke ihn mir gierig in meinen Mund.

„uhh...“ Otto entfährt ein kurzes Stöhnen.

Sein Schwanz schmeckt leicht salzig und wird in meinem Mund zügig zu einem dicken harten Rohr. Ich lutsche genüsslich daran, presse seine Eichel mit der Zunge gegen meinen Gaumen und drücke ihn weiter in meinen Rachen hinein. Otto streichelt meinen Kopf während ich seinen Schwanz verwöhne. Langsam zieht er seinen Kolben aus meinem Mund und fragt mich grinsend: „Wollten wir nicht noch Fotos machen?“

„Ja.“ antworte ich knapp. Beim Aufstehen nehme ich seinen Harten in meine Hand und wichse ihn ein bisschen.

„Das schaut geil aus!“

Ich gebe Otto einen schnellen Kuss und schnappe meine Kamera.

„Kannst du dich nochmal gegen die Wand hier lehnen? Ja, genau so!“

Sein steifes Rohr ragt steil aus seiner Boxershorts hervor. Ich mache Fotos von der Seite. Der Anblick macht mich noch geiler als ich ohnehin schon bin.

Dann rücke ich näher, seine Eichel wirkt durch die Perspektive größer als sie eigentlich ist. In dem Moment löst sich ein Lusttropfen von seiner Schwanzspitze und zieht einen dünnen Faden

hinter sich her. Klick, klick, klick...
Ich lecke über seine Eichel und schmecke das
Salz auf meiner Zunge.
„Zieh bitte deine Shorts aus. Langsam bitte."
Otto beugt sich nach vorn, windet seinen Körper
im Zeitlupentempo während er sich seiner
Boxershorts entledigt. Sein massiger Körper
wirkt männlich und sexy auf mich und ich schaue
fasziniert durch den Sucher der Kamera,
beobachte die Szene und schieße ein Bild nach
dem anderen. Langsam zieht er die Hose nach
unten, zuerst erscheint sein haariger Arsch,
dann sehe ich, wie sein Schwanz nach unten
gedrückt wird. Seine Peniswurzel erscheint
oberhalb des Hosenbundes und wird Stück für
Stück frei gelegt. Dann erscheint die Eichel und
mit einem mal schwingt sein steifes Rohr nach
oben, pendelt kurz und steht dann wieder hart
nach oben.
„Wow, das sah geil aus." sage ich bewundernd.
„Da sind schon richtig tolle Bilder dabei. Ich
denke, für heute sollte es reichen, oder was
meinst du?" frage ich Otto.
„Ja, danke dir, das hat wirklich Spaß gemacht
und ich bin ganz erstaunt wie schön du mich in
Szene gesetzt hast. Freue mich schon auf die
fertigen Bilder."
Ich lege die Kamera beiseite und mache mich
ebenfalls nackt. Otto streicht mir von hinten über
meine Schultern und nimmt mich dann in seine
Arme. Sein haariger Körper schmiegt sich an
meinen Rücken und sein steifer Schwanz kitzelt
von hinten an meinem Sack. Er streichelt mich,
küsst meinen Nacken und brummt dabei

genüsslich. Solche Streicheleinheiten möchte ich am liebsten ewig spüren.

Seine Hände massieren meine Brustmuskeln und dabei reibt er mit seinen Handflächen über meine Brustwarzen, was mir wohlige Schauer beschert, die ich direkt in meinem Schwanz fühle. Dann reibt er mit seinen Fingerspitzen über meine empfindsamen Knubbel und ich stöhne vor Lust: „aaah...“

Mit seiner rechten Hand streicht er mir fest über meinen Bauch und greift nach meinem Steifen. Ganz sanft beginnt er mich zu wichsen. Immer wieder massiert er auch meine Eier, lässt sie in meinem Sack durch seine Hände flutschen und stimuliert dabei ununterbrochen meine Brustwarzen. Die Lust wird immer größer. Das Verlangen, mich aus meiner passiven Position zu befreien und Otto zu verwöhnen steigert sich immer mehr.

Er brummt immer noch wohlig in mein Ohr: „mmmh... jaah, ouh... dein Schwanz ist so geil, ich will den in mir spüren.“

„aah...“ die Vorstellung lässt mich fast explodieren und ich winde mich augenblicklich aus seiner Umarmung heraus. „Leg dich hier auf die Couch.“ sage ich knapp und drehe ihn so, dass er sich, der Länge nach, auf seinen Rücken legt. Ein geiler Anblick!

'Soll ich ihm meinen Schwanz zum lutschen anbieten?' geht es mir kurz durch den Kopf, aber ich entscheide mich anders. Dann knie ich mich zwischen seine Beine und lege sie mir auf meine Schultern. Mein steifes Glied liegt jetzt auf seinen dicken Eiern. Ich bewege mich nach vorn und schiebe meinen harten Schwanz über seinen Schwanz, bis mein Becken gegen ihn drückt. Seine Körperwärme überträgt sich auf meinen Sack, den ich fest gegen seinen Damm presse.

Otto schaut lustvoll auf meinen Körper. Er legt seine Hände an meine Hüften und zieht mich noch fester an sich heran.

„Du geiler Kerl, steck ihn mir rein."

Ottos Geilheit macht mich so an, dass mein Schwanz freudig zuckt. Die Eichel ist tief rot und am Schwanz treten die Adern als dicke Stränge hervor.

Mit einer ordentlicher Menge Spucke befeuchte ich meinen Harten und setze die pralle Eichel an Ottos geiles Loch.

„uhhh..." ein leises Stöhnen. Seine Augen schließen sich und er legt seinen Kopf langsam nach hinten ab.

Offensichtlich ist er an seinem Anus sehr empfänglich für Berührungen. Ich stupse ihn ein paar mal mit meiner blanken Eichel an seiner empfindlichen Haut. Die leichten Berührungen mit meiner Schwanzspitze lösen wohlige Schauer in ihm aus. Sein leises stöhnen entfesselt mein Verlangen in ihn hinein zu stoßen.

Ich schaue hinunter, beobachte mein Treiben und sehe zu, wie meine Eichel in seinem Loch verschwindet.

„Uuh... oh jaaah. Fick mich."

Otto scheint für anale Freuden sehr empfänglich zu sein.

Dann packt er meine Hüfte und zieht mich an

sich heran. Ich spüre einen kurzen Widerstand an meinem Schwanz und einen kurzen Augenblick später stecke ich tief in ihm drin.
„Aaahhh... ist das geil." Otto stöhnt laut aus und fordert mich dann auf: „Gib's mir!"
Ich grinse ihn an. 'Okay!'
Mit meinen Händen auf seiner haarigen Brust lehne ich mich vor. Seine stämmigen Beine stützen meinen Körper nach vorne ab. Ich betrachte ihn, genieße den Anblick und sehe die Lust in seinem Gesicht. Mein Schwanz steckt tief in seinem Loch, ich spüre die Wärme, die sich in meinem Unterleib ausbreitet und mir ein tiefes Wohlbehagen bereitet. Es fühlt sich so gut an, dass ich am liebsten noch tiefer eindringen möchte, damit ich noch mehr von Ottos Wärme aufnehmen kann.
Das ist eine sehr geile Position. Mein harter Riemen fühlt sich wohl in Ottos geilem Loch. Langsam ziehe ich mein Becken zurück, nur so weit, dass meine Eichel noch von seiner Rosette umschlossen wird. Ich konzentriere mich auf das Gefühl, das mein Schwanz in meinen Körper sendet, verweile kurz und stoße dann zu.
„Ohhh ja..." Otto schaut mich gierig an.
'Meinen Schwanz tut ihm gut.'
Sofort beschließe ich mein Tempo zu steigern. Sein lustvolles Stöhnen treibt mich an, je schneller ich ficke, desto lauter wird Otto. Bei jedem Stoß klatschen meine Eier an seine Arschbacken und das Geräusch erregt mich zusätzlich. Unaufhörlich treibe ich meinen steifen Schwanz in Ottos geilen haarigen Arsch hinein. Es dauert nicht lange und auf meiner Stirn bilden

sich die ersten Schweißtropfen, die sich dort nicht lange halten und auf Ottos haarigen Körper tropfen. Auch er schwitzt und mehr und mehr fühlen sich unsere Körper ganz feucht an.

„Ah... Ah.. Aah..." sein Stöhnen feuert mich an. Ich stoße zu und stoße zu, immer wieder bis tief in sein heißes Loch hinein.

„Ah... Aah... AAah..." er wird immer lauter und wenn ich könnte, ich würde meinen Harten noch tiefer in ihn pressen. Ottos Lust scheint sich mit jedem Stoß zu steigern. 'So ein geiler Fick.'

Ich spüre, meine Eichel in seinem feuchten Loch, die sich größer und größer anfühlt, wie sie sich immer mehr erwärmt und wie sich das Gefühl über meinen Unterleib ausbreitet. Unaufhörlich ficke ich weiter, höre auf das leichte Klatschen, das meine Eier von sich geben, jedes mal, wen sie auf Ottos Backen treffen, untermalt von unserem Stöhnen.

Otto schreit seine Lust immer hemmungsloser heraus: „AAAh... AAAh... AAAh..."

Sein Kopf bewegt sich unkontrolliert von der einen Seite zur anderen. Er greift meine Arme und hält mich fest während ich weiter meinen harten Freudenspender in ihn ramme. Otto windet sich, jeder meiner Stöße bringt ihn mehr und mehr in Ekstase.

„AAAhh... ja, mach weiter!... uuhhu... u..." In seinem Gesicht sehe ich die pure Lust, mit weit aufgerissenen Augen schaut er mich an, er atmet laut und heftig, scheint tief in sich hinein zu fühlen. Die Wucht meiner Stöße durchfahren Ottos schweren Körper.

Erregung und Geilheit überdecken meine

Anstrengung. Lange brauche ich nicht mehr, bis ich mich in Otto entlade. Mein Schwanz dringt immer wieder in Ottos geilen Arsch, Stoß um Stoß.

Dann, plötzlich, verzerrt sich sein Gesicht, er presst seine Augen zusammen, spannt angestrengt seinen ganzen Körper an und hält meine Arme mit voller Kraft.

Ein kurzer, stiller Moment entsteht.

Ich beobachte wie er kommt: „Ah... Aah... Aaah... AAAaAAAaaahhh... AAAaaahhh... Aaaaahhh... Ah... uhhh...“

Mit jedem seiner Schreie ergießt sich ein Strahl Sperma in seine Behaarung auf seinem Körper. Mit jedem Strahl aus seiner Eichel presst sich unkontrolliert sein Arschloch zusammen und massiert dabei meinen Schwanz. Es scheint so, als würde jeder meiner Stöße einen Schwall Sperma aus Ottos Eichel schleudern. Noch nie habe ich einen Mann zum Orgasmus gefickt.

Der Anblick von Ottos Höhepunkt und dem Sperma in seiner Behaarung geben mir den Rest. So etwas geiles hatte ich bisher nicht erlebt. Ich spüre meinen Schwanz, der immer größer anzuschwellen scheint und immer mehr Besitz von mir ergreift. In mir sucht sich die angestaute sexuelle Energie ihren Weg. Wie in Zeitlupe spannt sich mein Körper an, verkrampft sich fast. Dann, in einem mächtigen Moment entlädt sich alles.

„UUUUUuuhhh...“ tief in Ottos Arsch presst sich ein kraftvoller Schwall Sperma durch meinen Schwanz und spritzt aus meiner Eichel heraus, gefolgt von einem heftigen Orgasmus, der mich kräftig durchschüttelt. Mein Körper wird durchflutet mit allen Drogen, die der menschliche Körper bereithält.

„AAAauuuhhhmmm..." ein wilder Rausch durchströmt jede Ader in mir. Für einen Moment überwältigen mich die Empfindungen und mir wird kurz schwarz vor Augen. Ich bin froh, dass Otto mich fest hält. Dann, ganz langsam beruhigt sich alles wieder.

„Leg dich auf mich." Ottos Stimme klingt sanft und einladend.

Benommen lege ich mich auf seinen nassen Körper und augenblicklich schließen sich seine Arme um mich. Sekunde um Sekunde verklingen die überwältigenden Gefühle in mir und mein Puls normalisiert sich wieder.

„Alles gut?" fragt Otto etwas besorgt.

„Ja, mir ist es echt heftig gekommen." mein Schwanz flutscht unerwartet aus seinem Loch und ich zucke kurz zusammen. Wir lachen und in diesem Augenblick bin ich restlos glücklich.

Minutenlang liegen wir uns einfach in den Armen, ruhen uns aus von unserem heftigen Fick und spüren uns einander.

„Lass uns duschen. Ich glaube, das haben wir jetzt echt nötig." unterbricht Otto die Ruhe.

„Ja, da hast du Recht. So geschwitzt habe ich schon lange nicht mehr."

„Du hast auch ganz schön gearbeitet. Das hätte ich nicht so lange durchgehalten." er zwinkert mich an und grinst. Sein Schnauzbart dehnt sich dabei über das ganze Gesicht.

„Du bist so abgegangen, das hat mich richtig wild gemacht."

Auf dem Weg zur Dusche klatsche ich mit meiner Hand auf seinen feuchten Hintern. Sein praller Arsch ist zum anknabbern schön. Fasziniert beobachte ich das Schauspiel seiner Arschmuskeln während wir zum Badezimmer gehen.

Unter der Dusche hat es locker Platz für zwei und wir waschen uns gegenseitig den Schweiß von unseren Körpern.

Das Wasser hat gut getan, erfrischt trocknen wir uns gegenseitig ab, was für ein paar prickelnde Momente sorgt.

„Bleib doch heute Nacht hier." schlägt Otto plötzlich vor.

„Du willst doch nicht nochmal Sex haben?" frage ich etwas verwundert zurück.

Otto lacht laut aus und meint dann: „Nein, aber ein bisschen kuscheln."

„Musst du morgen nicht früh aufstehen?"

„Um 7:30 Uhr muss ich raus. Die Praxis öffnet um 9:00 Uhr."

„Okay, das ist eine gute Zeit zum aufstehen. Ich bleibe gerne."

Ich gebe ihm einen kurzen Kuss, nehme ihn in meine Arme und wir halten uns einen Moment lang ganz fest.

„Hast du mir eine Zahnbürste?"

Nackt legen wir uns ins Bett. Otto schmiegt sich an meinen Rücken und nimmt mich in seine starken Arme. Ich fühle seine Körperbehaarung an meiner Haut und seinen großen Schnauzbart.

„Du bist ein toller Mann und ich freue mich

wirklich sehr, dass wir uns kennengelernt haben." flüstert er leise.

„Ich freue mich auch und in deinen Armen fühle ich mich richtig geborgen." erwidere ich.

Otto drückt mich noch enger an sich heran und ich kuschel mich an ihn. Sein ganzer Körper bewegt sich langsam bei jedem seiner Atemzüge, was beruhigend auf mich wirkt und Minuten später bin ich selig eingeschlafen.

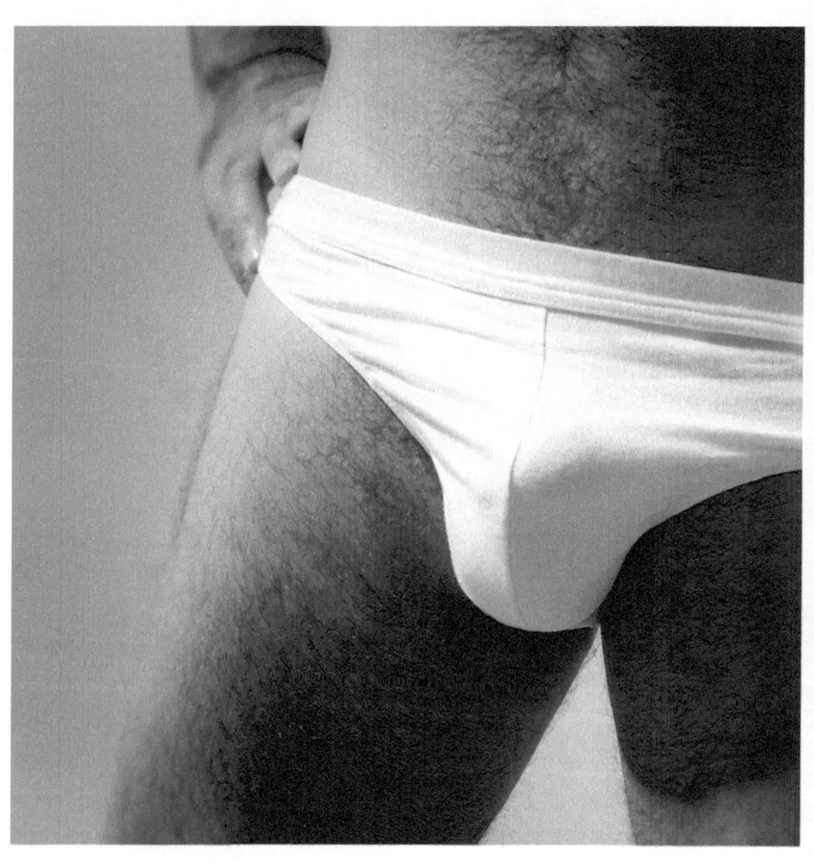

Fertig

„Guten Morgen Thomas."
Für einen kurzen Augenblick habe ich mich gefragt, wo ich bin und wer mich hier mit seiner sanften Stimme aufweckt.
„Guten Morgen, ist es schon halb acht?"
„Ja, wir müssen leider aufstehen." Otto rückt näher an mich heran und küsst mich.
„Es ist schön, so geweckt zu werden." sage ich und lege mich auf seinen Bauch.
„uhh..." mein Gewicht lässt ihn kurz stöhnen.
Ich küsse ihn, richte mich auf und sage: „Okay, lass uns aufstehen, sonst kommt unnötig Hektik in den Tag."
Einen Augenblick später stehe ich neben ihm am Bett. Otto schaut verdammt sexy aus, wie er vor mir im Bett liegt. Sein fleischiger Körper bildet einen haarig-männlichen Kontrast auf dem glatten, weißen Laken. Am liebsten würde ich mich jetzt wieder auf ihn legen, aber Otto dreht sich zur Seite und hievt seinen Bärenkörper aus dem Bett.
„Lass uns frühstücken. Magst du Müsli oder Toast haben? Tee oder Kaffee?"
Ich entscheide mich für das Müsli mit einer Tasse schwarzen Kaffee.

Eine Stunde später sind wir beide bereit für den Tag und verabschieden uns.
„Soll ich die Auswahl der Bilder vornehmen? Ich würde sie dann heute gleich bearbeiten."
„Ja, das wäre mir recht. Ich denke, du weißt am

besten, welche wirklich gut geworden sind. Bin schon sehr gespannt, wie du die Bilder bearbeitest."
„Super, magst du nach der Arbeit zu mir kommen?"
„Ja, gerne, so gegen 19 Uhr?"
„Das passt! Ich mach eine Kleinigkeit zum Essen."
Wir küssen uns und ich steige mit meiner Fotoausrüstung beladen in den Aufzug zur Tiefgarage.

Zuhause angekommen mache ich mir eine zweite Tasse Kaffee und schalte meinen PC ein. Ich bin sehr neugierig auf die Fotos von gestern. Das Lesegerät kopiert die Bilder von der Speicherkarte auf die Festplatte. Geduldig warte ich, bis der grüne Balken, der den Kopiervorgang illustriert, ganz voll ist und alle Fotos im Computer sind.
Otto wird zufrieden sein, da bin ich mir ganz sicher. Die Bilder haben eine tolle Wirkung. Auf mich jedenfalls. Die Auswahl meiner Favoriten ist schnell getroffen und ich entscheide mich für zehn Fotos, die aufbereitet und digital entwickelt werden sollen. Falls Otto mehr Bilder haben möchte, dann finde ich sicher noch zwei oder drei, die ihm gefallen werden.
Bei der Bildbearbeitung lege ich mehr Wert auf eine schöne Lichtstimmung und auf dezente Farben, als auf Kleinigkeiten, die dem Betrachter ohnehin nicht auffallen. Am Nachmittag sind zehn perfekt aufbereitete Fotos von Otto auf meinem Rechner liegen. Zwei davon möchte ich

am liebsten großformatig an meine Wände hängen. Aber das würde Otto sicher überfordern und ist somit keine gute Idee.

Ich beschließe eine kleine Arbeitspause einzulegen und gehe hinaus auf die Terrasse, lege mich in die Hängematte und genieße ein wenig die nachmittägliche Sommerwärme. Meine Gedanken drehen sich wieder um Otto und die Erlebnisse der letzten Tage.

Kurz vor 19 Uhr habe ich alles vorbereitet. Ein gemischter Salat steht fertig bereit und dazu gibt es Fleisch, das ich mit einer würzig Sauce mariniert habe. Meiner bescheidenen Meinung nach kann man in den Sommermonaten nicht oft genug grillen. Der Gasgrill ist sofort betriebsbereit und es kann los gehen sobald Otto da ist.
Kurz nach 19 Uhr klingelt es. Otto steht vor der Türe und begrüßt mich mit einem Kuss.
„Hallo Thomas, wie war dein Tag?"
„Danke gut. Ich habe deine Bilder fertig. Wie war dein Tag?"
Er strahlt mich freudig an und sagt: „Zeigst du mir die Bilder? Ich bin so neugierig und habe den ganzen Tag immer wieder an das aufregende Fotoshooting gedacht."
„Komm mit, der Rechner ist da drüben." Ich nehme ihn bei der Hand und wir gehen an den PC.
„Nimm Platz." Mit der Hand deute ich auf den Bürostuhl, auf dem normalerweise ich sitze. Ich knie mich neben ihn und starte das erste Bild mit

einem Doppelklick.

„Ui, das schaut aber schön aus." Otto ist sichtlich erstaunt über die Resultate.

Bild für Bild schauen wir an und beschreiben uns gegenseitig, die Eindrücke die wir haben.

„Danke dir, die Bilder sind wirklich toll geworden. Davon könnte man sich direkt welche an die Wand hängen."

Ich lache kurz und sage: „Danke, dass sie dir so gut gefallen. Du bist aber auch ein sehr fotogener Bär."

Otto steht auf. „Komm her, ich muss dich drücken."

Otto nimmt mich in seine Arme und hält mich ganz fest. Ich rieche seinen männlich duftenden frischen Schweiß. Seine starken Arme geben mir ein Gefühl der Geborgenheit. So möchte ich mich immer fühlen.

Dann sagt er: „Thomas, du bist ein toller Mann. Du fühlst dich so gut an, ich will dich gar nicht mehr los lassen."

Ich küsse ihn wieder und erwidere: „Und ich fühle mich sehr wohl in deinen Armen."

Wir halten uns einen langen Moment ganz fest. Dann lösen wir uns. Ich schaue ihm ins Gesicht, grinse und sage: „Ich hoffe, du hast Hunger. Es gibt jede Menge zum Grillen."

Beschreibung der Charaktere

Thomas

Beruf: Fotograf

Alter: 54 Jahre

Körperliche Merkmale: 1,83 Meter groß; 94 Kilo schwer; kräftig muskulöse Statur; mittel behaart; kurzer Vollbart; sportlich

Penis: 18x4 cm; nach oben gebogen; langer Sack mit großen Eiern

Sexuelle Vorlieben: Kräftige und haarige Männer in seinem Alter; Massage mit „happy end"; küssen und kuscheln; blasen a/p; ficken a/p; Sex im Freien; Safer Sex

Er sucht: Sex; Freundschaft; Partner

Hobbys: Fitnessstudio und Sport allgemein; Kino; geht gerne chinesisch Essen

Interessiert sich für: Sport; Reisen; Natur; Museen; Fotografie; Computertechnik

Charakter: Bedächtig, zurückhaltend aber nicht schüchtern

Motto: Gib jedem Tag die Chance, der schönste deines Lebens zu werden. (Mark Twain)

Otto

Beruf: Urologe

Alter: 55 Jahre

Körperliche Merkmale: 1,77 Meter groß; 107 Kilo schwer; stämmig muskulöse Statur; stark behaart; praller und fester Arsch; stattlicher Schnauzbart

Penis: 16x5 cm; dicke Eichel mit langer Vorhaut

Sexuelle Vorlieben: Männer mit Ausstrahlung; küssen und kuscheln; blasen a/p; ficken a/p; Safer Sex

Er sucht: Partner

Hobbys: Lesen; Musik hören; Saunieren; wandern und schwimmen; geht gerne italienisch Essen

Interessiert sich für: Männliche Sexualität; Reisen; Natur; Kunst; Museen; Literatur

Charakter: Forsch und direkt

Motto: Es muss von Herzen kommen, was auf Herzen wirken soll. (Goethe)

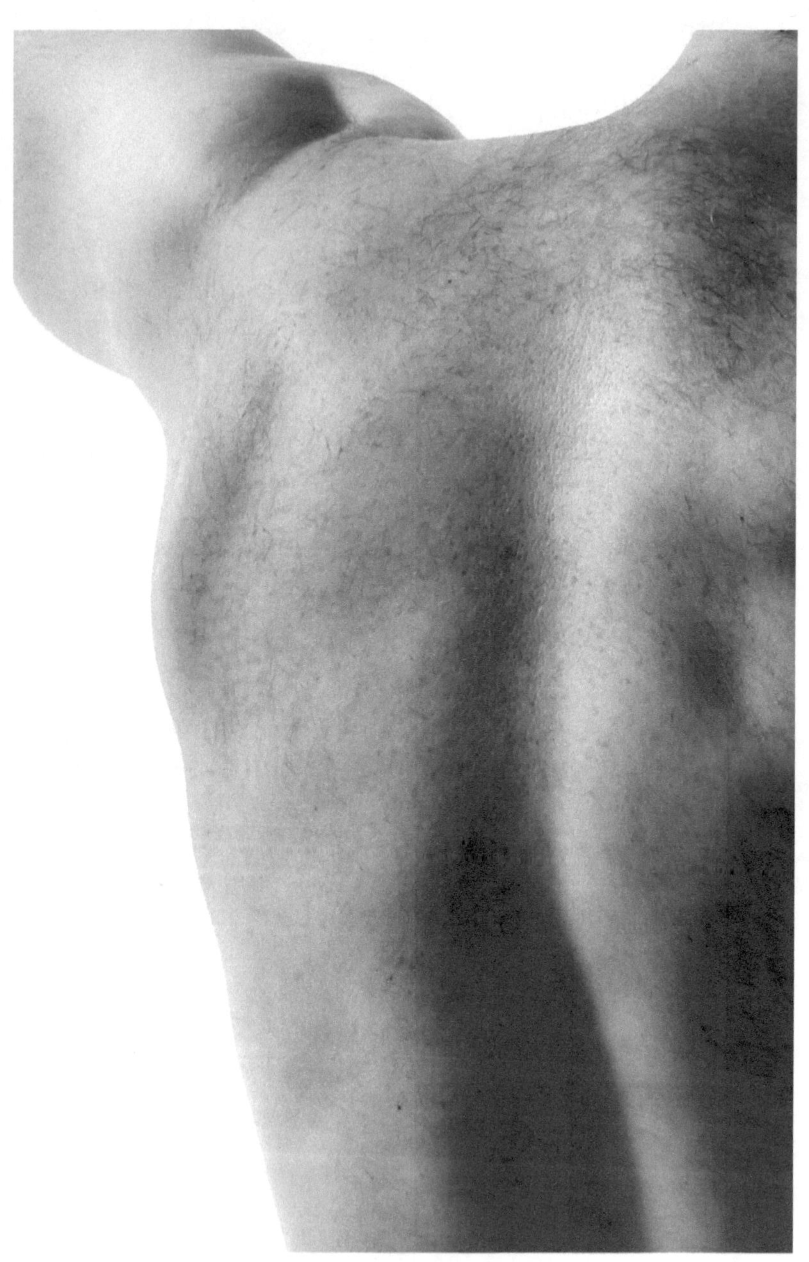

Worte danach

Als erstes möchte ich mich bei dir bedanken. Hoffentlich hat dir meine Erzählweise gefallen und du konntest die prickelnden Momente voll auskosten. In diesem Fall freue ich mich wirklich sehr, wenn du mir das in einer Rezension mitteilst. Gib mir bitte konstruktive Kritik, da wo ich etwas verbessern kann oder schreibe einfach, was dir gefallen hat. Du hilfst mir mit einer Rezension auf Amazon wirklich sehr und motivierst mich damit auch weiter zu schreiben. Danke schön.

Weiter liegt mir folgendes am Herzen: Thomas und Otto kennen sich gar nicht, treffen aufeinander und haben, mehr oder weniger spontanen, geilen Sex. Der eine oder andere Leser wird sich fragen, warum sich die beiden keine Gedanken machen über Sicherheit. Ich habe mich entschlossen das Thema "Safer Sex" nicht in der Geschichte aufzugreifen. Stattdessen lasse ich meine Charaktere in einer stilisierten Welt spielen, in der es diese Problematik einfach nicht gibt. Meiner Meinung nach will man sich, beim lesen von erotischen Erzählungen, nicht mit der Problematik der Wirklichkeit auseinander setzten müssen. Vielleicht täusche ich mich aber auch in meiner Annahme. Deshalb schreibe ich hier meine Gedanken und eventuell sind diese eine Antwort, für den einen oder anderen Leser.
Privat bin ich sehr für Sicherheit beim Sex. Aber

das soll jeder so handhaben, wie er es für richtig hält.

Als letzten Punkt möchte ich mich entschuldigen. Es sind sicherlich ein paar Rechtschreibfehler im Text unentdeckt geblieben und auch das eine oder andere Satzzeichen wird nicht an der richtigen Stelle sein. Falls du einen Fehler entdeckt hast, hoffe ich, er hat dich beim Lesen nicht zu sehr gestört.

Folge mir auf Facebook und erfahre mehr:
fb.me/Till.Amberger

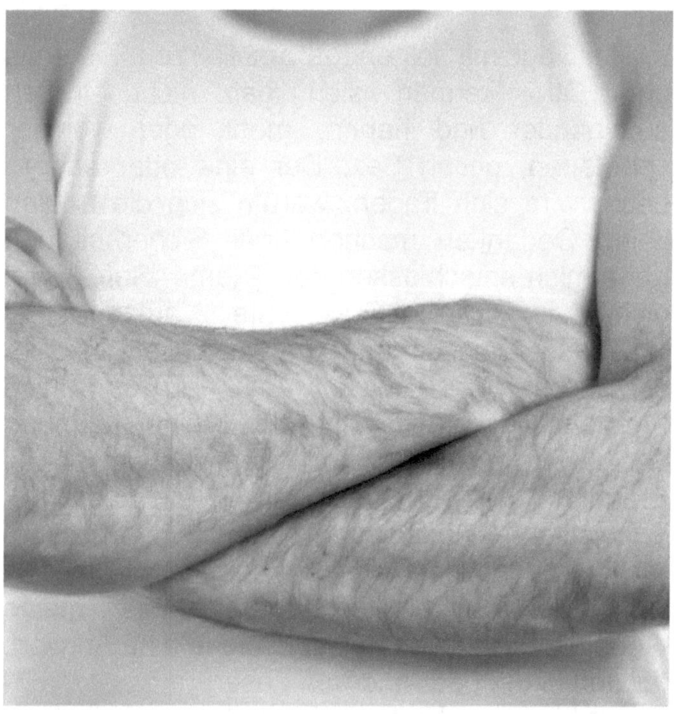